三民叢刊212

紙銬

蕭馬 著

三民書局 印行

《紙銬》賦

梁曉声

蕭馬先生的小說《紙銬》即將在臺灣三民書局出版，要我寫一篇序。

我與蕭馬先生是忘年交，這序是不可以不寫的，所以我承諾得特別爽快。

步入中年以後，我大約已寫過七八篇序了。既為名人書寫過序，也為當年的知青朋友、文學新人、以及各行各業熱愛文學創作的人士們的書寫過序，還為自己大學老師的小說寫過序。所謂「人在江湖，身不由己」。

為蕭馬先生的小說寫序，卻是非常情願而且非常高興的事。

因為我們之間的友情在那兒擺著。

友情之對於性情中人，是沒法兒排除不論的呀。

他說：「我已金盆洗手多年了，竟忽然的心血來潮，重操舊業，既不圖名，也不為利。只不過心中仍有些對世事的感慨，漸漸積成塊壘，也就重新踱上一吐為快的老路了。

除了臺灣方面的編輯，你是大陸第一個，也肯定是唯一接觸這校樣的人。我希望聽到你坦率的評價。」

他一副鄭重其事的樣子。

而我，確實也想看看這位沉寂了近十幾年，曾經是中國文壇中堅的老作家究竟寫了些什麼？怎樣寫的？寫得如何？……

粉碎「四人幫」後，大陸文壇復甦，各省作家很快集結為陣容，紛呈風騷。故當年文壇上有「湘軍」、「陝軍」、「魯軍」、「皖軍」之說。

「皖」自然是指安徽。

而安徽作家的三位代表人物，是陳登科、魯彥周、蕭馬。

我當年在北京電影製片廠文學部任編輯，曾到安徽徂稿。陳、魯、蕭皆北影文學部密切聯繫的作家，我與他們亦都有友好的接觸。

記得三十餘歲的我，還曾陪蕭馬先生到安徽某煤礦體驗過生活。午夜驚逢礦井下瓦斯爆炸。突聞警報聲淒厲，立即起身加入營救。在黑漆漆的，危險還可能時時發生，瓦斯的有毒氣味兒尚濃的深井下，我接近了塌方現場。在我前邊一人，因身軀胖大，不易從塌方後尚存的空隙鑽過，正欲奮力搬起一巨大的煤塊……

我說：「我瘦，讓我先鑽過去！……」

那人一回頭，是蕭馬。

我鑽過去後，勸他不要再往我這邊鑽了，而他卻終於將那一巨大的煤塊搬開了……

我們是最先到達井下事故現場的人中的兩個，營救工具便是雙手……

自此，我們的關係更友好了。

蕭馬落戶北京後，不知何故，竟懸筆不「耕」了。這一懸，就懸了十幾年。不都說「大隱隱於市」麼？給我的感覺，他是決心要隱個終生了。初時，他住北影家屬區，我住北影院內，見著的時候很多。每見，他必說又讀了我的哪一篇小說，並坦陳他的讀後感。他對世事看得很深，很準確。常有精闢之語。而反問他在寫什麼時，他則淡淡地，業外人似的一笑：「不當作者了。只想當一個有水平的讀者。」或說：「我熱愛生活本身甚於熱愛文學創作。」

他愛養花木、愛收集工藝品、愛聽音樂、愛養魚。他竟能將幾條手掌大的熱帶魚養到一尺多長！像觀賞魚之精！我每到他家去，聽著音樂，一邊與他聊天，一邊觀賞他家巨型魚缸裡的大魚。

我調兒童電影廠後，去他家的次數少了。但我們的家仍離得很近，也就是十分鐘的路。每年的春節，照例互相通電話拜年。或者，我去他家看望他……

懸筆十餘年的他竟又寫起小說來！這是我萬萬料想不到的。

坦率地說，我心裡甚至還有點兒挺不是滋味兒。

榜樣的力量是無窮的呀！

近年，其實我心裡一直暗暗將他當作榜樣，思忖著哪一天也學他，徹底罷筆，也來個隱于市，平平靜靜地過市民生活，了卻一生……

他怎麼突然的就又寫起小說來了呢？而且一出手便是長篇！

這蕭馬！

蕭馬先生這一篇小說內容並不複雜，沒什麼跌宕起伏的情節，人物也相當集中。屬於娓娓道來的那一類——今天，一個當年畢業於美術專科學校，叫丁南北的男人，被任命為某市副市長。新官躊躇志滿，意欲在一項旋游工程的開發中大顯身手。舊地重至，引出了對他的同學許屏的回憶。許乃當年宗教信徒般酷愛雕塑藝術的青年。氣質和藝術觀上，都有那麼點兒接近著米開朗基羅。萬萬料想不到的是，三十年間許屏一直未離開當地，並且「文革」中一直是「思想勞改犯」。「文革」後又成了殺人未遂的刑事犯。副市長丁南北的驚詫，自然比我對蕭馬先生又寫小說了這一事實產生的驚訝更甚。於丁南北，豈止是驚詫，還是驚愕。這是小說的一個懸念。圍繞這個懸念，通過包括許屏妻子在內的幾個人物多角度多側面的回憶，剝出了「文革」中一位藝術青年苦難遭遇的真相。由這真相，又抖出一個「文革」中的事件，那就是，當年不少人都被戴過「紙鋳」……什麼是「紙鋳」呢？——一張紙，撕兩個圓洞便是了。

「自己把手伸進去！」

於是人就失去了自由。從形狀上講，「紙鋳」似乎更接近是「紙枷」。京劇《蘇三起解》裡蘇三戴過的那種枷。當然，武松、林沖也戴過。但當年人人都是蘇三，不見武松，不見林沖。人人都比蘇三還蘇三。因為，想那蘇三，屈打成招之後，是一直要翻案的，一直不肯承認有罪的，一有機會就要力陳清白的。而當年那些戴「紙鋳」的人，卻是都要裝出罪有應得的樣子的。那些人中有藝術家、大小官員、還有倔強不屈的許屏。「文革」結束了，獲得了「解放」的形形色色的人們，竟皆對「紙鋳」事件諱莫如深，閃爍其詞。因為「紙鋳」的「發明」者又官居要位，大權在握著了。這使戴過「紙鋳」的某些人，寧肯一廂情願地想像那只不過是當年的一場「遊戲」。有一個人不願如是想像，便是許屏。他認為自己有權討個說法，並且衝動地那麼做了。結果與人扭打起來，使對方受了皮肉之傷。而對方是「紙銬」之「發明」人的兒子，於是成了「殺人未遂」的刑事犯……

正當副市長丁南北以及市長李燃「策劃」使許屏獲得釋放，以用一技之長之際，許屏死在了服刑中……

「紙銬」這一作為小說題目的細節，使我聯想到了六十年代大陸名著《紅旗譜》中的一個細節——農民的暴動失敗了，暴動參與者朱老星逃亡天津途中，被警察糾拿住了。他被處死前所受的刑罰是「舉高粱杆兒」——高粱杆兒自然是很輕的東西，人的雙手將它舉平並非難事。但是，人又能舉平它多久呢？一小時？兩小時？三小時？……稍一舉斜，便有皮鞭抽身，那又是怎樣的情形？終於手臂麻木，垂落無力再舉時，便要被拉出去砍頭了——當誰被明明白白地告之此點，那麼所受的就不僅是體罰，也是精神的虐待了……

戴過「紙銬」的人們，也遭受過類似的虐待。沒有皮鞭抽身，也斷不至於被拉出去砍頭。「紙銬」是自己們用紙撕成的，雙手是自己們伸過紙窟窿去的，而且並沒人監視。

命自己戴上的人的聲音，也並不兇吼厲喝。而是那麼的平靜，彷彿商場售貨員指點顧客應該到哪裡去付款……然而人人都失去了自尊。都唯恐聽到「自己戴上」的話後，戴之太遲，戴之不久。怕它被雨淋濕了，怕它被腕掙破了，怕紙窟窿撕得大了，戴著的雙手比戴鍔自由。於是，竟有人預先預備下可撕成「紙鍔」的結實的紙，練習撕成標準的，真鍔之環那麼大小的紙窟窿。為的是一聽到「自己戴上」的話，即刻以絕對順良的態度戴之……

而這，無疑是戴過「紙鍔」的人們三十年來諱莫如深的原因之一。

懸筆多年的蕭馬先生，又寫出了一部發人深省的小說。

然而，我認為，更加發人深省的，是戴過「紙鍔」的今人，對當年事的種種複雜的心理。當他們明白舊話重提顯然影響著自己們現在的利益時，便對當年事不但變得態度曖昧不明，不但變得諱莫如深，而且企圖掩蓋真相了。尤其發人深省的是許屏的兒子在他死後給生母寫的一封長信。那信又可以看成是中國大陸第一代「新新人類」的「異類宣言」，玩世不恭的宣言。既對歷史玩世不恭，也對現實玩世不恭。只有一點顯出超乎尋常的「成熟」，那就是對地位和金錢的占有。與父親許屏那種過去時的中國青年相比，下一代真是老謀深算極了啊！老謀深算極了乃是因為人生理念簡單極了。那理念可以一言以蔽之曰——惡者全勝。惡者通吃。只要惡得高明。

許屏是藝術至上的。

朱競芳是愛情至上的。

這樣的一對夫妻，生出一個玩世不恭的兒子，是否遺憾呢？

假如有人認為遺憾，那麼我認為，他或她對人類社會發展中的一個規律，太缺乏常識。

那規律是這樣的——一個企圖靠烏托邦式的理想支撐的社會，一旦遭到人為的苦難之劫，其後往往必然有一個精神虛無的時期。玩世不恭的一代，將普遍在這種時期誕生和繁衍。重新結構起一個社會的精神的骨架所需的年頭，注定了比原先編織那種烏托邦式的理想的年頭，以及其後所遭到的苦難之劫的年頭——加起來還要長……

懸筆十餘年間，顯然的，蕭馬先生仍是一個思想者。

而他向我們奉獻發人深思的小說，便也是注定的了。

他這一代中國作家簡直難以寫出別種樣的小說。

這是他們的文學之「命」。

也是他們的文學中「毒」現象。

他們肯欣賞別種樣的文學，但是他們幾乎從來也沒有過創作別種樣的文學的經驗。《紙鍔》的問世是我預料之外的；《紙鍔》的內容是我預料之中的。

幸而蕭馬先生盡量未寫得過於沉重……

紙銬

目次

A　副市長丁南北

這，大概是我平生第一次把自己編進了錯綜複雜的人際經緯，雖然並非初衷。

很難預料，我將會在這錯綜複雜的經緯裡被編成一個什麼樣的圖案；也許什麼都不是，結果只是一堆扯不清的亂七八糟的線疙瘩。

那天，該死的那天！

我好不容易擠出點時間，去看看石母湖。

石母湖是葉江水庫的人造湖；算起來該是我參加工作的第一座階梯。

那是在中國稱之為「大躍進」的年代。全國上下都迷漫著一種熾烈的氣氛，那氣氛像沙漠的地平線，烈日烤過之後，蒸騰起一股氣流、灼人卻又虛幻。

那時，我在美術學院的畢業班擔任班長，領了一個小分隊到水庫體驗生活。

水庫工程指揮部，想借重我們這批年輕的雕塑家來做一點環境藝術的工作，我參加過一個挺氣魄的方案設計。後來，由於種種原因，那個方案成了泡影。哪知道，事隔三十年之後居然舊事重提。

這會兒，市政府決定把石母湖開發成旅遊區，並且責成我來具體策劃。

市長兼市委書記李燃，論輩分，我原是喊他叔叔。他對石母湖的開發興趣極大，說道：「你是新官上任三把火，石母湖的開發也算你的一把火吧。我呢，幫你拾點柴禾也該告老還鄉了。」

石母湖，的確美，美得讓人難以忘懷。論雄渾，論奇峭，論嫵媚，足以媲美所有已聞名遐邇的名山大川，可惜至今鮮為人知。如果前朝有個把像蘇東坡或歐陽修似的風流太守，留下幾篇〈赤壁賦〉或〈醉翁亭記〉之類的文章，石母湖的名聲，肯定大不一樣，中國人是習慣於承認既成事實的。最近，因為擴建水電站而招來的德國維爾康姆公司的兩位代表，一到這兒便毫不掩飾的長長驚嘆一聲：「哇！上帝創造的伊甸園一定就是這裡！」

這年頭，外國佬的一聲讚美比之蘇東坡的文章更加值錢，石母湖的開發規劃便加班加點地提到市政府和省政府的議事日程上來。德國佬也很有合作開發的意思，雄心勃勃，躍躍欲試，希望水電站的工程能包括環境建設。他們估算出這個旅遊項目的開發，收益不會低於電站的電力輸出。但從他們打國際長途的口氣中聽得出，法蘭克福總部的大老闆還沒有掏這份腰包的意思。老闆肯定以為那湖那山只是不毛之地。

所以，我必須準備一整套足以說服人的資料。

李燃和我一道去。

我們沒有邀請更多的人。生怕事情還未有眉目就被吹得雲天霧地。儘管如此，已有一位局長夫人頭天便到司機班裡打聽我的行程。我早就風聞這位夫人想不經過考核便將女兒塞進旅遊局。據她說，她的姑娘英語好得不得了，能唱三首外國歌，其中一首是電影《流浪者》裡的「麗達之歌」。那就不是英吉利的「英」，而是印度的「印」了。我生怕這位夫人硬要把自己或她的女兒塞進車裡。天麻麻亮，我就催司機上了路。

車到水庫大壩，正趕上日出。

山窪坳裡看日出，比之海上另有一番韻致。海上日出，太陽頗似心胸博大的男子性格，而山裡日出，太陽卻像羞澀的少女：半晌才在山峰後面露出半邊臉，時不時扯過半片薄霧，遮遮掩掩，倒是先把一側的山峰急得滿臉通紅。

那時，正是一側山峰被映得通紅的辰光；尤其是西端筆陡的石母峰。那峰，兀突奇峭，鬼斧神工地劈出一朵花崗岩壁，沒有一棵樹，甚至不長一棵草。朝霞夕暉，它紅得像一碇朱砂。石母湖，就因為這塊石壁而得名。原來峰頂有塊朝前傾的飛來石，遠望它，恰似一個婦女的髮髻。可惜這塊大石頭因為築水壩被炸藥炸飛了。炸飛的那天，有一位同學揪心揪肺地嘆息不止，默默地在石母峰對面的山坡上呆了大半天，甚至匍匐著身子，像西藏的朝聖者那樣，唸唸叨叨著不知所云的言語。自然不是經文。

這個同學後來告訴我：「我要把石母峰補好！」

「唔？」我覺得這是他不知天高地厚的囈語，想用班長的身分開導他幾句，但瞧他那認真到憨直的神情，沒有說出來。

他卻越發認真；「前人刻雲崗，刻龍門，刻樂山大佛。我們為什麼不能?!……」

我們彼此都睜大了詫異的眼睛……

今天故地重遊，三十餘年前，那位同學擰著脖子準備辯論的憨態忽然間變得歷歷在目。

我把那位同學的大膽設想告訴了李燃。

「你的這位同學，名字叫許屏，是嗎?」

李燃的回答使我十分詫異：「你也認識他?」

他微微點點頭。「你們到水庫工地體驗生活之後，我接著來體驗了一陣子。我擔任過兩年工程指揮部的黨委書記，這你不知道吧。……你說的許屏，是你們這批美院畢業生中，唯一要求留在水庫的，不是麼?」

我點點頭。

「你有許多年沒有和許屏往來了吧！」

「打從分手之後，就沒有來往過。」

「許屏以後的情形你都不清楚囉？」

我從李燃的目光裡，品出了一點蹊蹺。

「這位許屏很有藝術才氣吧！」

「在我們班上，他是高材生。藝術感覺極好！」

「這個評價不是你現在當上副市長之後，有意表示的豁達大度吧！」

「我還有點自知之明。」

「既然是你心裡佩服的一個人才，而你自己又是他的班長和領隊，居然三十年來一點也不知道他的情況？」

我怎麼解釋呢？迎著李燃的帶點責備的目光，我只好歉疚地苦笑了一下。

沉默了半晌，李燃用很輕、但卻很沉重的聲調說道：

「許屏犯了罪！」

我一怔：「他犯了什麼罪？」

「行凶殺人！」

我頭腦裡嗡地一響，手腳頓時有點發冷，許屏和我儘管不是太熟的關係，但怎麼也無法把他和殺人行凶聯繫在一起。我吶吶地不知道該如何問，問什麼。

「幸虧沒有把人殺死，但已經構成了犯罪行為。」

「是在文化大革命中？」

「如果是那個時候發生的事情，我還能為他說上幾句話。」

「那是在什麼時候？」

「偏偏在文化大革命之後！」李燃輕輕嘆口氣，聲音很蒼涼，夾著點歉然：「嘿，偏在那場大動亂剛剛結束之後不久！不久！……」

「許屏現在在哪兒？」

「你想去看望你的老同學？」李燃的目光很奇特。似乎在追索我的心理的真偽。

「允許我去探望他麼？」

「一個副市長想看望一個犯人還能不允許麼？」

我和他的目光對視了片刻，至少他看出了我的真心誠意，便抬起手，指指水庫中一個影影綽綽的島子。「許屏就在那個島上。」

汽艇駛進了一個壺形的山口。

汽艇朝湖心駛去。本來清澈的湖光山色被浪湧攪得一片渾沌，正如我此時的心思。我已經沒有了遊興。

轉過山嘴，湖中心的小島漸漸清晰。島的頂端豎著一盞航標燈，山坡上，依稀幾間破舊的樓房。由於毗連的其他建築物已經拆除，連同樓房的風火牆也扯去一角。儘管如此，我還是認出來：那幢樓就是我們當年到水庫工地體驗生活時住過的房子。它過去曾經是一個鹽商大戶的宅邸，後來改成了水庫工程指揮部的招待所。樓房造得十分講究，我們剛卸下行李便都為建築物裡精美絕倫的磚雕和木刻讚嘆不止。主人是見過點世面的，庭院布置得錯落有致，襯著湖光山色，隨便從哪個窗櫺望出去，都像嵌著一幅幅畫。山裡多雨，聽斜風細雨緊一陣慢一陣的敲打竹篁，更覺得畫意上添了幾分詩情。初出茅廬的藝術狂徒都發誓賭咒，身歷如此天造地設的佳景，如果再發掘不出靈感，活該跳江自盡，何況還加上當時「大躍進」的狂熱！

可惜！一年之後的創作匯報展覽上，沒有幾件作品溢出藝術靈氣。一片平庸中，唯有不顯眼處的一尊石雕在黯淡的光線裡散發出光輝。那是一整塊黑色花崗岩上鑿出來的一個女性的雕像。來參觀的大都是工人和民工，他們並不稀罕雕塑家們把他們塑造成金剛羅漢，一個賽一個地似乎威力無比。一比那尊黑色的女性胸像，金剛羅漢的誇張的肌肉和神態，全都黯然失色。在樸素的真實面前，它們都顯得虛假和虛弱。幾乎所有寫著顯赫標題的藝術品都被冷落了，人們圍睹著那尊女性胸像不為別的，只因為它的平凡。平凡使得人們流連忘返。

這尊黑色的石雕的作者便是許屏。作品的標題只有一個字：泉。乍一看，似乎有點深奧，但稍一琢磨，大多數人都看懂了，那是指雕塑上的一隻母親的手，輕輕按著乳房，從指縫裡，依稀感到母親的乳汁將會汩汩流淌。

儘管在總結會上，有人批評許屏的藝術「缺乏時代氣息」「充滿宗教氣氛」，甚至有人慷慨激昂，說觀眾之所以圍著它看，完全出於「不健康的心理」。但在私底下，一大半同學都暗暗喝采：「許屏這小子真他媽的！……」

我悟出了點許屏這件作品的創作意圖。

我悄悄地問他：「這大概是你想刻在石母峰上的模擬稿，對嗎？」

他微微頷首。眼睛裡閃出雄心勃勃的火花。

「我決定留在這兒了！」他對我說。後來果然如此。畢業分配時，他毫不猶豫地向高校畢業生分配委員會提出申請，並獲得了批准。從此，我和他各奔東西，連一封信都沒有往來過。

這些本來已經褪色的往事，隨著那座小島的逼近，又漸漸清晰起來。那山坡下，原來是一條小街，因為水庫建設，那幾年裡還相當繁榮。現在，它已埋在水底，但我能透過清澈的湖水，想像出那條之字形的石板路的模樣。這路的拐角，有一間門面不大但生意很火的餛飩鋪子。這是家夫妻店。男人在水庫工地幹些雜活，店鋪主要靠女的經營，我們給她起了個綽號：餛飩西施。她和西施同鄉，雖然說不上有沉魚落雁之貌，卻也不俗，人也開通。山裡人最怕同學們畫他們的像，說是會把魂攝去的，遇到個把愣頭青，還會追著罵街，甚至把速寫本搶去撕了。唯獨那對浙江夫妻，喜歡我們畫他們的像。畫女人時，男人笑瞇瞇地在一傍伺候。我們一個月的零花錢，八成是心甘情願地送進他們腰包去的。

許屏是餛飩鋪的常客。

我懷疑他那尊石雕，就是把餛飩鋪的老板娘做了模特兒；因為在工地上，想找個理想的女性模特兒難上加難。但許屏否認。好事之徒嬉皮笑臉地找那女人打聽，遭到了那個一向笑臉迎客的老板娘少見的白眼。她漲紅了臉，操著西施家鄉的土話嚷嚷道：「罪過！罪過！許屏在石頭上刻的是觀音菩薩，我可是個嫁了男人的腥氣女人！」

我和許屏沒有深交，好像同學中誰也沒和他有太深的交往。他很少說話，即使偶爾交談，眼神總是恍恍惚惚。如果不是他有個愛吃零食的習慣，在那群高談闊論的藝術門徒中，幾乎忘了他的存在。

許屏的口袋，總裝著花生、餅乾、爆米花之類的小零嘴。幾乎每件褂子和褲子的口袋都被老鼠咬了窟窿。如今要我講講這位老同學的特點，最深的印象莫過於他的手指了。他兩枚細長的手指，插在衣服兜裡或褲子兜裡，總會從窟窿裡翹出來，一上一下地彈動，不知道的人都以為他是音樂學院鋼琴系的學生，沒日沒夜地活動指關節呢。說心裡話，這雙手的手指是很引起同學們的妒忌的，包括我自己，真見鬼了，就這麼雙瘦骨嶙峋的手，怎麼便使石頭和泥巴有了靈氣！

我本來有可能和許屏交往得深一層，是他一句話刺傷了我。「丁南北，你可能成為一個不錯的藝術組織工作者，但不會成為一個藝術家！」我認為他傷了我的自尊，疏遠了他，甚至有點討厭他的狂妄。但是經過了三分之一世紀的時間證明，我確實不是藝術家的料。越想搞出點名堂，越感到力不從心。我雕塑出來的那些泥人，自己看了也覺得平庸和乾癟……而終於放棄了塑刀。十年浩劫，更把殘存的一點點藝術興趣劫得蕩然無存。五七幹校、下放農村，從藝術之宮掉到基層，做了幾年農村公社的幹部，自己被折騰之後也折騰過別人。嚴酷的現實使我深感拯救物質貧困遠比拯救精神貧困更為當務之急。沒料到中國有了改革開放的年頭，更沒料到由於我的學歷和幾年基層磨打滾爬的經驗，丁南北一傢伙變成了「文武兼備」人才，被李燃提拔到這個市裡當起了市政建設局局長，兩年之後，居然又被提升為副市長。眼看這幾年老百姓吃得好了點，穿得好了點，腰裡也有了幾文錢，使得我已經僵死了的藝術靈魂又漸漸蘇醒起來。我的確成了個「藝術組織者」——管轄著偌大的市政建設和環境工程。即使李燃不提起許屏，我也會看到石母峰而想起這個藝術家來的。

然而，滄海桑田，使得已成副市長的我，將要會見的老同學竟是一個罪犯。

李燃講了個開頭再也沒有講事情的始末。他似乎很疲倦，靠在沙發背上，合上眼皮，像在打盹。他也許是不便在其他人面前講，也許是懊悔自己脫口而出的唐突，掃了今天的遊興。

胡思亂想中，船已靠上了島子的碼頭。

李燃睜開了眼。他連欠欠身體站起來的意思也沒有，說道：「我還是不陪你上去為好。礙著我，你們老同學反而不便深談。瞧！這一來，咱們原來打算輕輕鬆鬆逛一天的計劃又告吹了！得了，我過三個小時來接你。這時間夠了吧！」

足見得這老頭兒並未瞌睡，這番安排是他剛才閉目養神時縝密思考過的。他講話的口氣，彷彿在市委常委會上的總結性發言。

山坡上的杜鵑花開得正燦爛。飛來飛去的斑鳩並不怕人，就在我頭上盤旋，咕咕咕咕地為我引路。蹦來蹦去的松鼠也像是從未領略過人的厲害，也傻乎乎地跟著我跳，轉動著骨碌碌的眼睛。

這本是一個生機盎然的季節。連山峰都是活的。山谷裡蕩漾著濃濃淡淡的雲煙，那是山的呼吸。

對！山在呼吸，山是會呼吸的。這是許屏的原話。他對山水的鍾情，自有一股超凡脫俗的靈氣。那些不懼怕人的小動物，莫非也是和他長期相處的緣故?!我記得許屏在那時候便有這樣的本事：靠他床鋪的窗口，常有一對松鼠光臨。牠們在他手裡啄食花生和小核桃。他的零食一大半是招待了那些雀兒、鼠兒的。我們常取笑許屏那雙恍恍惚惚的眼睛活像松鼠……想著想著，我不禁回頭望望現在跟著我的那幾隻松鼠，斷定許屏就在前面不遠的地方，牠們是引路呢！

但是繞過兩個山坳，還沒遇見一個人。

我畢竟看到了這裡作為一個勞改場所的痕跡。一片圍著鐵絲網的採石場便是。

可是採石場也沒有人影。

隔著採石場，是一圈用杉木圍起來的草地。那曾經是一個人工飼養獐子的場所，不知哪位文人雅士為它題過一塊匾額：「獐苑」。原來的設想很美妙：水庫蓄水之後，這個孤零零的小島應是天造地設的獐子的樂園，但沒有想到獐的天敵豹子也會游泳，於是便架起了丈把高的杉木圍牆。記得在我離開這兒時，曾經養過幾隻獐子，後來的命運如何便不得而知。如今，獐苑早已傾塌，剩下的杉木，長滿了顏色古怪的菌姑。

島上唯一有人煙的地方就是那座曾經招待過我們的小樓，它的煙囪正升起一縷炊煙。

我踏著殘缺不全的石級朝山頂走去。那幢原來飾滿磚刻木雕的樓宇，本來的粉牆黑瓦和鑲在中間的赭色欄杆，統統都變成了不知所云的暗灰色。屋檐下支撐的幾根杉木分明從獐苑拆過來的，更顯出它風雨飄搖的慘相。

許屏難道就在這幢現在講不清啥用途的破樓裡？這又算哪一門子的勞動改造？我正一肚皮納悶，迎面已看見一個婦人站在黑黝黝的門洞裡。她像是知道我來而準備接待的。也不奇怪。我注意到一條電話線通進這所樓房。一個副市長來訪，自然有人通知。

走近幾步，我愣了。

從門洞裡出來的那位婦女，雖然滿臉佈滿細紋，但我馬上認出了她。她，不正是剛才我在船上還惦記過的餛飩鋪老闆娘麼。我們都叫她鐘嫂。

老闆娘一開口，鄉音依舊。

「原來是你呀！我說是哪一位副市長呢，肯到這地方來看望許屏……」

我本來馬上應該問：「許屏在這裡麼？」但卻轉了口：「鐘嫂，你還認得我？」

「哪能勿認得呢！」她還像二十幾年前一樣利索，說著話，已抹乾淨一條板凳，請我坐下，笑道：「你不是許屏他們的班長、小頭頭嘛。我記得，那辰光，你們三五一夥來吃餛飩時，你總喜歡管著這些老大小伙子：『注意群眾紀律，不要隨便畫人家的像。』嘻嘻，你是天生做頭頭腦腦的命。我三年前死去的男人就講過你的長相就是做官的富貴相。果然！做起副市長來了。在過去，叫做州府太守，百十萬人口的父母官呢！」

我問道：「你一直沒有離開這裡？」

「命裡注定的呀！打你們走後，我也打算收攤子，後來島上辦起勞改犯的採石場，生意不錯，就留了下來。」

「我轉了一圈也沒看到犯人。」

「你呀，真叫做吃素碰到月大，他們剛走。調到海陽縣去修什麼古蹟去了。」

「許屏也走了？」

「當然囉！剛才水庫打電話來，說一個副市長要來看望老同學，我笑他們呢！一大幫子人換碼頭，你們竟然不知道！」

我心想，連市委第一把手的李燃也不知道呢！雖然這個場所歸省勞改局管轄，但這麼大的動靜也該給市政府打個招呼呀。不知道李燃自己有何想法，我卻已聯繫到不少事情敏感到，這個一年後即將離休的老書記，在不少人心目中，已是個可有可無的人物了。

我苦笑了一下。

鐘嫂已經沖了一壺新茶放在我身邊。

她說：「你大概已經二十九年沒有嚐過這山坡上的野茶了吧！」

我道了聲謝，又想起許屏。

當地老鄉說，這山的陰處，有幾株茶是什麼朝代一個老和尚種的。他養了幾隻猴子，唯有猴子採摘的茶才算神品，因為猴子吃山中野果，決不沾葷腥，手最香。許屏聽這個傳說時，那神情就像賈寶玉聽劉姥姥講她莊北小廟裡成了精的泥胎。在鐘嫂的鋪子吃餛飩時，他尋根刨底地打聽，那些猴兒在何處出沒……

鐘嫂也想起了這段笑話。「這個許屏呀，天生有股傻氣！你還記得不？老許一次進山，真遇上了猴群，興高采烈地追著猴子跑了十來里，回來時垂頭喪氣，一碗餛飩漲乾了湯都沒見他動一個。我問他：『老許啊，碰到什麼倒楣事，你喪魂落魄到這地步。』你知道他怎麼說：『什麼猴子不吃葷腥呀，幾隻猴兒把我的一包桃酥搶得精光！』」鐘嫂說罷，笑得前仰後合，末了陡地收斂笑容，抹了抹不知是因為笑或是因為別的思緒引出來的眼淚，嘆了口氣：「老許可是個老好人！」

我不由自主地點點頭。但頓時覺得脖子發梗，腦袋的伸縮也很勉強，也許是副市長這頂烏紗太沉重了。我哪能這麼快就表態呢！坐上太守這把交椅之後，我給自己立下一條戒律：凡事不忙表態，這戒律已使得自己的臉部肌肉變得僵硬。

鐘嫂的眼睛是厲害的。她盯著。「你領導過他，還不曉得他的為人？冤枉！這麼一個菩薩心腸的好人竟在這個島上折磨了半輩子。」

「半輩子？他不是七七年犯的案麼？」

「你真是一點也不清楚老許的底細？……打從六〇年春天起，他就和勞改結上了緣！唉……阿彌陀佛。」

我無法控制自己感情的起伏了。鐘嫂也從我驚愕的神情看出，我的確和這個老同學二十餘年未通音訊。她帶點責備、也充滿希望地囑咐道：「你不該把老許忘了！興許你這次來就是解決他問題的，對麼？那……我就在觀音菩薩跟前天天燒香。許屏該熬出頭了！」

我被這個女人帶點懇求的目光逼視得不知該如何表態，又下意識地點了下頭，但馬上又後悔自己的輕率，直到現在，我還沒有了解案情的始末呢！

我的思想活動依然沒有逃過鐘嫂的眼睛。

她又給我沏了一遍茶，說道：「你想了解老許這二十幾年的遭遇不是？找他的老婆問問，便根根梢梢全弄明白了。」

我冷不丁地脫口而出：「許屏有老婆？」

「怪囉！人家也是一條男子漢，不該娶老婆？」

「我……我不是這個意思……」我思想已經攪成一鍋粥。越來越納悶了。既然二十幾年一直在勞改，又哪來工夫討老婆！即使討過，又哪能廝守到現在！

「管你是什麼意思呢！既然你還記得起這個老同學，特地上這個荒島來。那就請你一定抽點時間……我會叫許屏老婆去找你的。你千萬別怠慢人家！也許別人會在你耳朵邊對這個女人說三道四，呸！統統是嚼蛆！她可是個鶴立雞群的角色。就憑人家大半輩子守著一個勞改，豈是一般女人做得到的？人家不像我，有相貌，有學問……你別聽得不耐煩！……說定了！我打個電話，叫他到市政府找你。你不能擺架子，叫警衛擋駕，或者支派個把秘書應付應付……嗯?!」鐘嫂說得不容我插嘴，還馬上要進屋去打電話。「……別把我鐘嫂還當成賣餛飩的，非得掛著笑臉伺候你們！這十幾年，我在這裡見到你們官場的人物多著呢！我現在和兒子在這島上看航標燈，好歹算個工人階級……託付給你的事別當耳邊風啊！」她帶嗔帶笑，背影隱進了門洞。

我呡了口茶，茶的香味使我微微發醉。恍恍惚惚中，覺得這次頗具戲劇性的會晤，莫非上蒼的安排。

不！我忽然頓悟！莫非是李燃的安排！

鐘嫂打電話的片刻，我瀏覽了一下我的故居。

那年，我和許屏都住在東廂房，用葦子隔成了兩個房間。每間三個鋪位，這格局幾乎原封不動地保存著。但葦牆上裱糊的報紙已經重疊過無數層了，如果把一層層舊報紙揭開來看，確是一本真實的歷史，真實的荒唐，真實的辛酸，真實地忘卻了天高地厚。那年貼在我床頭的報紙上，一條醒目的標題：「迎頭痛擊右傾機會主義！」完全無意，卻被同學看成是我這個班長的政治威懾，懾得同學們紛紛把我看成隔牆之耳，以致於有什麼動靜傳到學校黨委去時，都懷疑我告了密。而我，卻反過來常被學校黨委批評為右傾。從那時起，我已領略了政治之厲害。許屏之疏遠我，八成也有這個緣故吧！

又看到了斑駁凋零、千瘡百孔的葦子牆，我不禁感嘆做人之難！所以現在我的座右銘是：千萬別摻和到人際糾紛中去。呔！陰錯陽差，一踏上這幾乎沒有人煙的荒島，我已冥冥之中感到自己投入了一張錯綜複雜的人際網絡。雖然沒有調查，從李燃和鐘嫂的口氣中已感悟到，許屏的案件，決非簡單。

自從接到副市長的任命，我便一直懷著一種莫名其妙的惴惴之心。我並非沒有自知之明。眼下，小說和電影裡那種叱咤風雲的改革家形象，於我都是高不可企的偶像。我沒有他們那種雄才大略，也沒有他們坎坷跌宕的經歷，自然難以雷厲風行。我甚至想李燃向市人民代表大會推薦的這個平庸之才，莫非弄錯了名姓，或者是另有一位叫丁南北的人！但如今已是毋庸置疑的事實。我這個丁南北已經在副市長的位置上坐了六個多月。六個多月，我想方設法躲開一切人事上的糾葛，掛著一團和氣的笑臉，周旋於上下左右之間。今兒個是怎麼搞的，我竟聽任一個賣餛飩的女人的調遣，由著她擺布，似乎非把許屏的案子刨根究底地弄個水落石出。……我已經在她面前點過兩次頭，這該算數麼?!

鐘嫂的電話沒有打通。本來，我可以很體面地撤下來，但迎著她火辣辣的真摯目光，我又點了下頭，並且回答道：「鐘嫂，你放心！我會找許屏的老婆弄清情況的。」我驚異自己的聲音很富感情，並非做作。

「說定了?」鐘嫂的目光定格在我的口型上。

「說定了。」我找了張紙，記下了許屏老婆的電話和地址。

因為思想裡有了一層極其複雜的負擔，我都記不清是怎樣告別這位工人階級的。我依稀覺得她淚汪汪的面影彷彿是一齣戲裡的一個伸冤訴苦的平民百姓，終於碰上了一位肯在她面前下轎的青天大老爺。

我的心為之一顫，我算哪門子的青天？

不過我心裡升起一絲自省：敷衍這樣的女人，我會一輩子愧疚的。

我站在島的頂端，環顧四周。

啊！作為一個管束犯人的場所，真是太理想了。放逐拿破崙的聖赫倫島，也不過如此吧。許屏，他居然二十餘年都被隔離在這個四面是水的孤島上！

他唯一能看到的變化是朝霞夕照中的石母峰，飄忽無定的煙雲使得這垛陡峭的山峰，永遠是個謎。

李燃準時把遊艇停靠在島的碼頭上。

上了船，沒有等我開口，他便說道：「你撲了個空吧！我也剛剛知道，他們轉移了。」

我沒有說什麼。原來打算趁這個時間打聽一下許屏案件的來龍去脈，但抬眼發現船艙裡增加了一個陌生女人。她坐在角落、陰影裡，一雙眼亮得咄咄逼人。

她在打量我。

李燃介紹道：「這位是朱競芳老師……」

朱競芳？我不由得摸著口袋裡的字條。這個名字就是許屏老婆，我剛剛記下的。

我又不由得一愣。由此可見，李燃知道我是許屏老同學後，解決問題的心情很迫切。

我一時竟找不出一句應酬的話，哪怕是寒暄。

我握了下她的手，手很冷，和她的目光彷彿。

這目光並不友好，甚至帶點挑戰。她看著李燃，好像在說：「你把許屏託付給這位白面書生的副市長，他有多大能耐?!」

B 朱競芳

要不是李燃的推薦，我真懶得再向什麼頭兒腦兒去嘮叨許屏的事了。我已領教了太多的四平八穩的衙門面孔，也領略了太多的廉價同情。這能解決個屁問題！

其實，我早就認得這位丁南北副市長。

那是在二十四年前參觀美術學院雕塑系的展覽會上。我實在不敢恭維這批自以為是的藝術家。我記得，這位丁南北，大概因為是班長的緣故，「傑作」被放在一進門就望得見的顯要位置上。那是一座裝腔作勢的開山工人的全身像。他煞費苦心，把那個泥人塑得力拔山兮的氣勢，我卻覺得渾身肌肉都像吹足氣的豬尿泡。這也難怪這位據說還是青年團書記的丁班長，他肯定要比別的同學更加賣力地吹的！那不正是一個把吹大牛當飯吃的年代?!

我記得曾把這樣的刻薄話講給許屏聽。許屏笑笑：「丁南北還是蠻好的好人！」在許屏嘴裡，幾乎沒有不好的人。我只好冷笑：「好人不一定弄出好的藝術！這類雕塑胡弄工程指揮部的頭頭腦腦還可以。我可是個正兒八經學文藝評論的大學科班。」

大學科班的又如何？我畢竟只有在水庫工地做一個小報編輯的命。

我從不相信命。但命運卻因為這兩年的編輯，被編得光怪陸離。

我之和這個水庫打上交道是因為父親的關係。

父親曾經在國民黨導淮委員會做過事。換了朝代，一直是不明不白的「舊人員」身分。我後來打聽到，他是一種被內控的工程師。他明白自己的地位，見任何人都唯唯諾諾，見任何官兒都巴巴結結。

我是被父親一紙「病危」的電報騙來工地的。他被當時的反右派運動嚇昏了，生怕我的嘴沒遮沒攔。我卻並不感激他，曾經記恨了一陣子。憑什麼把我再差半年就能拿到的畢業文憑給耽誤了?!

我到工地小報工作，正趕上「大躍進」。對現在的青年講那段歷史簡直像神話。那時，我未嘗沒有受過「十五年超過英國」那種狂熱的薰染，但沒隔多久，我便清醒了些。這種全民動員的熱潮，是對科學和人性的褻瀆。是從上到下的歇斯底理的精神瘟疫大傳播。像我父親那樣的工程師，明明懂得科學，也像一群傻瓜似的進山伐木，把整棵整棵的松樹杉樹塞進碉堡去煉鐵，然後把一大堆不知所云的疙瘩送到領導面前去邀功請賞，自欺欺人地填寫「合格」化驗單，裝模作樣的開經驗交流會，硬要山裡的農民跟著如此這般地製造災難，並且逼著我寫報導。天哪！我的神經快炸裂了。

父親拚著老命，處處顯得比別人更加忠心，累得筋疲力盡倒在床上哼哼，呼么喝六喚我端湯拿藥，氣得我直發抖，捧著藥罐子罵他：「你歷史上犯什麼錯，我不知道。但你現在在犯罪！一個水利工程師去伐木砍樹，聽任水土流失，算不算犯罪？……」他被我罵得心臟病發作，抽手摑了我一個耳光，又趕緊捂著我的嘴，滾下床來，竟跪下來要對我磕頭：「阿芳，阿芳，這種話……千萬別亂講……」我又氣憤他，又可憐他，把他扶上床。從此，他再也沒有起來過。

我埋葬了父親，覺得自己也被周圍荒謬的空氣窒息得快死了。我變得冷漠、刻薄，覺得自己的心發梗，發硬，喚不起半點愛，而我正在愛情的花季。看過那麼多經典小說中的愛情描寫，何嘗不在我日益發脹的胸脯裡時隱時現。我也知道，自己的風采在這個灰色的人群裡挺惹人注目，走到哪裡都有無數男性的目光跟隨著，但都不會引起我的一絲心跳。那年代，這一群男的女的，都只是被一種宗教式的信仰驅動的肉的機械。

拿現在流行的話來說，我的心理障礙已經偏執到了幾乎燥狂的邊緣。參觀美術學院的雕塑展覽時，這種燥狂幾乎使我失手砸爛那些麻木的泥人，幸虧，那尊黑色的女性石雕使我心情像中了魔似地平復下來。

我為這件藝術品傾倒，倒並非它的不朽，而是在周圍的一片平庸中，唯有它，算得上藝術。

我注意到了許屏的名字。

我在那尊石雕的前後左右徘徊了足足半個時辰，它使我發冷的心有了一絲溫暖，那暖流竟使發澀的眼皮有點潮潤。我彷彿走進了梅里美的小說，冥冥之中感到一個故事正在誕生。

哪知道，這個故事把我自己寫了進去，而且延續至今還沒有結束。

我在揣摩這件石雕的韻味時，聽見丁南北和一個瘦高個兒的同學在說話：「你打算把這個小稿放大到石母峰上去，是嗎？」瘦高個兒點了下頭，樣子很靦腆，從一件沾滿灰漿的褂子口袋裡，伸出兩枚細長的手指，原來那口袋破了兩個窟窿。他似乎在把窟窿撐得更大一點。手的動作更加靦腆。

於是，我便認得了許屏。連同對這丁南北，印象也好了些。這位班長，雖然自己在藝術上趕大溜，卻還有點鑒賞力。

我以工地小報記者的身分採訪了許屏。

他在大壩工地，正癡癡呆呆地凝視著石母峰——那塊神秘的大石壁。

我掏出記者證，他嚇了一跳，倒退一步，連連擺手：「我不會說，只會……」又是從口袋窟窿裡伸出的兩隻手指在動彈。

我笑了，那種笑的神情帶點姐姐式的同情和埋怨。

他突然迸聲住息，迅速地端詳了我的正面和側面，冒出一句唐突的話：「唉呀！你……你能做我的模特兒嗎？」

這種藝術型的神經質，我見識得多了！大半是裝腔作勢，有時是很能打動姑娘的心的。動不動便請人做模特兒，也常常是這幫所謂的藝術家吊膀子的拿手好戲。我碰到過的多著呢。以前，我總是扳起臉，冷冷地掃一眼，掉頭便走，而這回，在許屏面前，我的心怦怦地跳得異乎尋常。管他是真是假，我心甘情願地接受了。

我回答道：「好吧！只要你認為合適。」

他的臉忽然紅了。紅得像夕陽斜照的山峰。

他吶吶地說道：「我……我說著玩玩的。」

我笑，開始挺自然，後來漸漸做作了。我設法使自己的笑容變得嫵媚，想化解僵化了好幾年的臉部肌肉。我的一嘴牙齒歪歪扭扭，必須控制嘴唇啟閉的分寸。

真見了鬼！許屏臉上的激動消失了。兩枚手指已停止了彈動，彷彿一個旋律被攪亂了。

我暗暗自忖，我已經進一步跨進了自己的故事。這種一見鍾情的故事很俗氣，但卻是從來沒有過地誘惑我。甜絲絲，酸滋滋。

原來這故事只會曇花一現。因為美術學院的雕塑系同學的「體驗生活」已經到期。他們打道回府了。

可是沒過一個月，許屏又回來了，只他一個人。是畢業分配時，他主動向高校畢業生分配委員會提出的申請。

意外地又看見他並得知他長期留在水庫，我剎那間感到原來冷漠的世界一下子變得美麗起來，溫存起來。

指揮部撥了一間屋子給他做雕塑工作室。我忙前忙後地幫他張羅。在木工房為他定做了大大小小的轉臺，到鐵匠鋪，替他打造了大大小小的刮刀和鏟子，還為他找到了一種適合雕塑的紅膠土。

我的過分的殷勤惹得報社同事們竊竊私議：「朱競芳這塊乾麵包居然有了點水份。」「許屏這傢伙，好端端地不願去上海北京，偏偏要求到這個不毛之地，還不都因為朱競芳！」——我最高興聽這樣的議論，許屏是因為我，才要求重返這個窮山溝的。

但是我明白許屏的志向。他想雕刻整個一座山峰——石母峰。

不管怎麼樣，這山溝的空氣裡有了他的汗腥味；這味兒夾雜著石粉和泥土的芳香，也夾著朱競芳的殷勤。

我戀愛了！原來硬殼包裹的心，一旦噴發出愛的岩漿，竟如此不可收拾。加上我的偏執，恨不能把自己溶合在水裡泥裡，任憑他去捏弄和雕塑。

我的愛如此原始，原始得如同這山溝裡一首古老的民謠，「哥是水來妹是泥，捏一個我來捏一個你，捏個你來中有我，捏個我來中有你。」

原始的愛情就這麼赤裸裸……我怎麼活到了二十四歲才體會到?!

可是許屏一直沒有領悟到我一舉一動的用心。

有一次，我從城裡買了一本漢代的石刻藝術畫冊，送到他手裡，我和他一起俯身翻過一頁又一頁，簡直是耳鬢廝磨的情景了。我等著他看到得意處會感激地吻我一下，哪知翻到霍去病墓的那幾頁時，他竟推開我，把畫冊供到案子上，自己跪了下去，一連作了幾個揖，還奇怪地瞪著我：「這是神聖呀！咱們該磕頭才是……唉，偉大！偉大！……人原本應該創作出這樣的藝術……我呀！慚愧……慚愧！」

我噘起嘴，有點失望，只好自解自嘲：「許屏，再偉大的人也要有愛……是不?!」

他一疊聲地說：「愛！當然要愛！沒有愛，能寥寥幾斧子就刻這麼生動的形象麼?……畢加索如果看見這些大石雕，也會叩頭的……你不信?……」

我明白了。他此刻感受的愛，是一種更加博大的情操，但是我此刻卻只需要自私的愛，只屬我的愛。我有點氣惱，花了十來塊錢，買了一本畫冊來，卻讓那些石頭把他靈魂攝了去，我奪過畫冊，扯過他的肩，狠狠親了下他的面頰。我責怪自己的追求竟然墮落到死乞白賴的地步，扭過臉便跑開了。

我下決心不再去睬他。讓他自己品品什麼滋味吧！難道我如此赤裸裸地表白還不能使他明白！在那個人人都裝成清教徒的時代，哪個姑娘像朱競芳敢作敢為！

但是愛情這種遊戲真怪，你越想冷卻它卻越燃燒得熾烈。我失魂落魄了好幾天，又忍不住地朝他的工作室跑去。

走進工作室，大吃一驚。許屏正舉著槌子，要砸那尊黑色的石雕。

「你瘋了！」我搶前一步，攔在他和石雕之間。「那麼好的一件藝術品，你怎麼捨得砸掉?」

「好麼?」許屏眨著恍惚的眼。「我自己越來越看不順眼了。我沒有塑好一個母親最主要的特徵——乳房……你不覺得？這分明是虛假，唉！當時我怎麼便聽從了什麼團支部的意見，弄得不倫不類……我又不是做貞節牌坊！」

我直視著他：「你想重新做一座？」

他點點頭。

我脫口而出：「我做你的模特兒！」

他的眼睛頓時閃出火花，是一種創作衝動的火苗。前前後後地打量我。我被他看得血一下子沸騰起來，那一剎那的感情是真誠而純潔的。我微微發怔，因為我也渴望母性的仁慈。我的母親在我三歲時便去世了，我想像著母愛。

他用一種近乎莊嚴的聲調說道：「你知道雕塑家的模特兒該怎樣嗎？」

「我又不是鄉下人！」

「我想想……」

「想什麼呀！我會配合得很好的。」

一講出配合二字，我心靈裡另一根神經猛烈地顫抖了一下，像一根琴弦，撥動得我胸中像漲了潮水一般。

「現在就開始麼？」

「咱們都不要錯過靈感。」

「我再想想。」

「呔！原來你身上也有那麼多道學氣！」

大概這句話刺痛了他，他狠狠地摔了一塊膠泥，就把門窗都鎖上，拉嚴了窗簾，只留北邊臨湖的窗透進光線，那窗外是不可能有人窺視的。

他絕沒想到，等他轉過身來，呈現在這個雕塑家面前的，已經是一個半裸的豐滿的姑娘肉體。

我自己也沒料到自己的勇氣和動作如此利索，幾乎是把衣服扯掉的。我知道，稍一猶豫，真誠就會變成荒唐，那一刻，我一點也不難為情，只感到一股暖流在周身流淌，我似乎有點醉。

這點醉意溢在我的神情上，我微微垂著頭，模仿那尊石雕，眼睛看著自己高聳的乳房。我從來沒有那麼欣賞過自己的乳房……

我知道他在看我。

但是我聽不到一點動靜，沒有雕塑臺轉動的聲音，也沒有捶膠泥的聲音。整個屋子靜極了。這種靜令空氣裡迷漫著一種曖昧。我自己的呼吸有點急促……

我忍不住抬起臉。

沒料到，面對的是他一付失望的眼神。剛才閃爍在他眼睛裡的火苗，熄滅了。

他重重地吁了口氣：「……這，不是我想像中的那一種。……」

我噙住一眶眼淚，全身的血嘩地全冒到了頭顱，披上衣服，恨不能吐他一臉唾沫：「你不是人！你不是人！」但最後卻像犯錯誤的孩子，求饒似地問道：「……你想像是哪一種？」

因為穿上衣服，我們也漸漸恢復了正常的討論式的談話。他用一種探討藝術的學究口氣說：「剛才，你的眼神，你的姿態，只是表達一種欲，有點賣弄，對不起，我剛才強調了母性的乳房，你……你太賣弄你的乳房……為什麼老是注意自己的嘴，抿得太做作……是不是呀……你，你說呢?!……」

還我說呢！我氣瘋了！我下賤！我賣弄風騷，活像妓女，他分明是在這樣看我。我歇斯底理地大喊一聲：「許屏！你是個混蛋！你不是人！不——是——人！」衝出了門去。

是啊！這傢伙真不是人！他的同學批評他的藝術傾向充滿宗教色彩，對極了！這個從育嬰堂撿來，又送到保育院裡培養出來的孤兒，莫非從小就吃了什麼教！

我拚命把他的形象從自己心底擠出去，想恨他恨到咬牙切齒的程度。這個清教徒，這個混蛋，能把泥巴和石頭都擺弄出生命，卻把我，一個青春旺盛的生命，折磨得幾乎變成了石頭。

照我的性格，受了如此屈辱是會變得石頭般冷酷的。但是……愛情，唉！這種又是酸又是鹹的玩意兒，能使石頭也溶化的。我自以為堅挺的心，自以為剛烈的脾氣，哪經得起這種又酸又鹹的浸蝕，早已銷溶得蕩然無存。我無數次下決心不再見他的面，卻又隨時隨地都尋覓他瘦長的身影，在食堂裡買飯，排得長長的隊伍，我一眼便盯上了這個一米八三的個頭兒，我強迫自己眼皮下垂，壓低視線，有什麼用?!他的手，細長的手指，悠悠地彈響著鋁製的飯盒。嘻！他倒輕鬆！

我六神無主了。……就在這個時候，一個至今連他的音容都想不周全的男人，用最原始的手段占有了我。謝天謝地，我還記得他名姓。但他姓張或姓趙又有什麼關係！與其說是心靈的落寞，不如說是生理的要求。只有關了燈，什麼都看不清的時候，我才本能地繼承著女人祖先傳授下來一切。我獲得一種報復的快感，和一個我並不愛，卻天然具備男性本能的那個人互相喘著野性的粗氣。我往往歇斯底理地想大喊大叫，那是我的委曲！我這身體，本來應該奉獻給一個我真正深愛的人去精雕細琢的，那一刻，卻下作到了隨便什麼人都可以捏弄的爛泥。

這個比我年歲小卻長著一副運動員體魄的男子，是一個水泥澆鑄工人。他和我一樣，只需要黑夜。白天，我看他簡直像個淌鼻涕的大孩子。他一頓能吃八個二兩重的饃饃。他看我，像逃學的頑童望著嚴厲的老師，連手腳都不知道怎樣放。我們能有什麼共同語言呢？有時，他想學得文謅謅，翻開我買的美術雜誌——其實是為許屏買的——看得很認真。「噢！這就叫做油彩畫！我工地上油彩多呢！不就是油漆嗎？趕明兒有空，我也來畫畫。」「這什麼玩意呀，叫雕塑？真難看，黑不溜秋地，哪有我們村裡捏的麵人兒好看，帶彩的。」聽他這樣談吐，我真想吼叫，朝許屏吼叫！瞧！你這個混蛋，罵我賣弄風騷……好吧！我都賣成個婊子了！

我們終於分手了。因為他要調到另外一個水利工地。那工地在他東北老家。

他結結巴巴地在黑暗中附在我耳邊說：「我帶一個大學生媳婦回去，爹和娘不知會怎麼樂呢！」還說：「東北家家都有炕，暖和著呢，嚴冬臘月，咱倆都可以脫光了抱在一起……」我推開了他，心緒壞到極點，本該發火，卻耐著性子好聲好氣地告訴他：「我不會跟你去的，你這個傻小子！對你說了你也鬧不明白，你以為我和你會結婚?!不！咱倆好來也好散，算是你有過我這個相好，我也有過你這個小情人……」我摸摸他帶粉刺的臉蛋，竟沾滿了淚珠蛋子！

我這段帶點冒險色彩的情史，居然從來沒有引起人們的注意。我倒真希望傳幾句閒話到許屏的耳朵裡，呔！恰恰是少有的風平浪靜。那原因恐怕是工地正在大調動，有的人要調走，有的家要調出蓄洪區，我住的獨門獨院又隱在山窪窪裡。天時地利造就了我這一段永遠的秘密。但是更主要的原因是隨著「大躍進」的流產，大饑荒的幽靈已經接踵而至。食色性也，沒有了吃的，誰有興趣管那號閒事！

……

真見鬼囉！我沒由地想起這段往事和我準備給丁南北副市長談的有什麼關係！我又不想當盧梭，留一本懺悔錄給後世品評。但是不把靈魂裡的脈絡理清爽，許屏其人其事，能講得明白麼?!

……

我懷孕了。

我慌了手腳，自以為的永遠秘密，將會隨著肚子裡那個小生命的成長而不得不成為公開的醜聞。那一陣子，我發現自己原來比傳統的觀念更傳統，況且那是一段再也沒有興趣去重新咀嚼的姻緣。

我發瘋似地參加工地上的重體力勞動，專揀崎嶇不平的山路蹦跳，想叫肚裡那塊肉蹦掉。我也希望那塊肉因為蛋白質的幾乎絕跡而自生自滅。都沒有用！小生命出奇地頑強。本來嘛！水泥澆鑄工，一頓能吃一斤半糧食的男性種子呀。

就在這個當口，我躲了他幾個月的許屏忽然來看望我。這是他第二次光顧寒舍。生活的邏輯真叫人啼笑皆非，我最怕他知道自己的隱私，卻偏偏讓他撞個正著。

他風塵僕僕，像是剛出差回來。人明顯瘦了，滿臉絡腮鬍鬚，眼睛卻出奇的烏亮。這種目光是他創作上有衝動標誌。果然，他告訴我，他發現了一個寶貝，是一位石匠，傳說他當過土匪，現在在勞改隊的採石場幹活。許屏得到批准，和他泡了兩個月。「嗨！有這麼個幫手，刻石母峰便有把握了。」他眉飛色舞，亂蓬蓬的頭髮裡，沾滿了石屑。

那種時候，我哪有興趣聽他講他的「樂山大佛」！我生怕他的目光會注意到我的腰身。別人也許還看不出，雕塑家是最懂得人體解剖和比例的。我有意坐在暗處，聽他手舞足蹈講述那個據說本事極大的石匠。……他很少有這麼饒舌的時候。

突然，他煞住話頭，驚呼道：「啊！你這會兒的神態正是我想像中的……」

我的臉唰地通紅，莫非他在奚落我，叫我這會兒做模特兒，脫光了衣裳正好露出脹鼓鼓的肚子。

他是認真的。

「哎呀！幾個月沒見你，怎麼你臉上冒出一種母性的光采了。我需要的正是這種母性的、略帶愁苦的表情。現在和你上回的搔首弄姿完全不同！」

給你講對了，許屏！我正愁苦呢！我心裡在喊，千萬千萬別對他講，可他的目光卻逼使我像在神的面前，容不得絲毫隱瞞。我的話遏止不住地衝出了口：「我是快要做母親了。」

他憨厚地笑了起來。「你已經結婚了？我真是一點也不知道呀！」

我白了他一眼。「做母親非要結婚嗎？」

他傻瓜似地怔了半晌。「這，這怎麼回事?!」

我頓時淚如泉湧，把我的這段荒唐和委曲一股腦兒倒出來。我撲在他肩上，抱住他。「你罵我、恨我，甚至打我都行！我把真心都掏給了你。我愛！我愛！我愛你！我的上帝！我的魔鬼！我的冤孽……你難道一點點也沒有覺察？都是你！你！……」

我語無倫次地朝他發洩了一通，平靜了許多。淚眼裡望去，他的神態竟像犯了過失的大孩子，嘟嘟囔囔地責罵自己：「唉！我真混賬，因為我讓你受了那麼大的罪，這……這該怎麼辦呀！」

我把濕漉漉的腮幫貼在他臉上，在他耳邊說：「……咱倆裝做夫妻，找個醫院，看看有啥辦法把我肚裡那塊造孽的肉打下來。」

「幹嗎！你是母親呀！沒有小生命，算什麼母親！我，我…我和你做真夫妻吧！我做父親。」

我突然清醒。他分明在給我恩賜，如果接受了這種恩賜，便自己一輩子置於屈從地位了。我自以為的超塵脫俗，那時卻比任何一個女人更世俗。

我猛地推開他。「你走吧！走！我不會在這種情況下接受你的恩惠。我自作自受，活該！你走！快走！……」我用足勁，竟把他推到門外。鎖上門，胸腔像火山和冰川同時崩塌。我知道他肯定還木呆呆地站在門外，但我再也沒有力氣把門重新打開。

……

嗨！這個冤家，這個菩薩！居然第二天就對他的科長說，自己要和朱競芳結婚了。

這種事，還需要做多大文章？沒過夜，工地上便傳開了。我們報社那個成天扳著面孔的主編，鄭重其事地告誡我：「你和許屏嘛，都有點自由主義的毛病，結婚這件事可不能隨隨便便，要正式打個報告喔……」

我一切都默認了。那心情，算是應著李後主的那句詞：別有一般滋味在心頭。

許屏從此常到我這裡來了。平素話不多的他，那時偏有一搭無一搭地揀些不著邊際的閒話來陪我聊天。別人看來，這一對儼然像夫妻過日子了。我呢？覺得已無情愛可言，連擁抱的衝動都沒有。我感到自己像《聖經》裡描寫的那個妓女，面對基督的恩赦，他也不過背上了「我不入地獄誰入地獄」的十字架。

我之惶悚，不就因為肚裡的孽種！

一天傍晚，在街上賣餛飩的那個浙江女人，忽然七拐八彎地摸到我住的小屋來。我是陪許屏光顧幾次餛飩攤才認識這位鐘嫂的。她掩上門，坐在我的床沿，開門見山：「老許都對我講了。」

「講什麼呀？」我忐忑不安。

「年輕人嘛，一時荒唐……其實也不算啥，好歹你們要成親了。我要討杯喜酒吃呢！」

我差點驚呼，天哪！許屏把我的不貞攬到自己的肩胛上了。

我萬萬想不到，這個恍恍惚惚大大咧咧，像是什麼人間煙火都不懂的男人，竟有一肚皮的錦囊妙計。他竟然裝著一副哭喪臉，告訴鐘嫂，一時衝動，把朱競芳肚皮弄大了。人多嘴雜，叫一個姑娘挺著大肚子去做新娘，將會落下人家一輩子的話柄。怎麼辦？許屏和餛飩鋪的夫妻交情不壞，打聽到他們結婚多年總不生育，正想抱人家一個孩子。可不！兩廂情願，天衣無縫。

我還有什麼可說的！全聽鐘嫂安排。她趴在我耳邊唧噥：「你放一百二十個心！過幾天，你們領了結婚證，我帶你們到我家鄉去，不管生男生女，我都養著，你們啥時候想領回去，我就送回來，不過那辰光我不一定捨得……」說著，竟抹起眼角，又忙著安慰我：「你千萬要寬寬心，我罵過老許了。你們這種男人，真不知深淺，只圖一時快活，哪裡曉得女人擔這麼個名聲一輩子抬不起頭。……他說什麼？哼！他還有什麼好說的！只會嘿嘿傻笑。……我聽說這些學畫畫的，男男女女的事不在乎，是嗎？說是課堂裡，女的脫了讓男的畫，男的脫光了讓女的畫，成什麼樣子！我算開通人，畫我面孔還行，但哪能……」她咯咯地大笑，發誓賭咒，這事除了他們夫妻，誰也別想撬開他們的嘴巴。

送走鐘嫂，我如釋重負。

我顧不上去梳理自己的這種輕鬆是否自私，我只覺得冷卻多時的一種慾念比任何時候都熾烈。我必須和許屏一起溶化。我要他答應，只有如此，才表明他對我的感情不只是施捨。

那天正巧是中秋。

我從抽屜裡搜羅出全部食物配給證。風風火火地在街上轉了一圈，買回半斤肉、半斤糖、一小截藕，還用糧票換了一斤葛根沉澱的澱粉。又從食堂裡買了四個山芋麵做的粑粑，那就算月餅了。

我順路找到許屏，因為我的興高采烈也感染得他手舞足蹈。我們手拉手，一路小跑地回到家。不一刻，我把本來不多的幾樣食品整治舒齊，還從櫃裡找到一瓶遠年花雕，那是我父親留下的。

那一夜，至今想起我都臉上發燒。

他並不善飲，還不如我。我使出了一種真誠的狡詐，一杯一杯地灌他又灌我自己。

我名正言順又摻和了些陰謀，留他在我這裡過夜。

我並無惡意，只是要求自己的靈和肉統統奉獻給他。我生怕再失去他！……會的！他越是把一切安排得妥妥貼貼，我就越擔心。擔心他像《聖經》裡的基督，對那女人畫了個十字便又雲深不知處了。我要和他實實在在地結合成一體，讓他永遠也不離開我。他為什麼不該愛我?!正是我最嫵媚、最飽滿的年華。

天哪！這個在賣餛飩女人面前裝得像浪蕩公子的男子漢，這個別人以為男男女女不在乎的藝術家，這個涎著臉告訴人家把朱競芳肚子弄大了的瘦高個兒，竟連怎樣解開我的胸罩都不懂！倒在清醒過來後，埋怨我為什麼穿這樣緊身的內衣褲，說這樣會把胎兒擠畸形的。

那一刻，我才真懂得，我愛的是一個什麼樣的人了。一個聖人，一尊佛！

……

一切都照鐘嫂的安排，我和他正兒八經地旅行結婚。那年代，旅行結婚是稀罕事，好在我和許屏在別人眼裡都是稀罕人，沒有多少人看熱鬧。我們悄悄地走了。那已經是穿棉大衣的季節，更沒有人看出我的其實已經不小的肚皮。

我們有一個月的假。他按期回工地，我找了個借口留在鐘嫂家鄉。她陪我，比我更急著抱孩子，好魚好蝦地補足了我早已透支的身體。

孩子生了下來。我怕看這小子的臉，水泥澆鑄工的基因太明顯。鐘嫂卻高興得不得了：「嘿！比老許的模樣俊多了，方面大耳，一團粉肉。喔……喔……別哭，別哭，想爸爸囉，是嗎？……我還捨不得讓你那個砍石頭捏泥巴的阿爸把你抱去呢！他是個饞鬼，別把寶寶的奶瓶塞子都啃了……」不明底細的人看來，誰都認為鐘嫂是孩子的娘。

我有點發急。許屏回去四十多天，沒見他寄一封信來。鐘嫂嗔道：「男人都是沒心肝的。你別著急，我的男人也一樣沒有信來。」

我一分鐘也按捺不住了。管它月子裡月子外呢！我要回去，誰都勸不住我。那時，已近年關。

還沒有等我收拾好行裝，鐘嫂男人趕回來了。

那男人一腳跨進門就嚷嚷：「老許出事了！老許給保衛科扣起來了！」

我覺得天旋地轉，耳朵裡像飛進了一萬隻知了。齊聲鳴叫得我眼珠都快脹鼓了出來。

鐘嫂的男人沒有理會他女人的眼色，氣吁吁地朝我說道：「他犯了案，犯了詐騙案！」

鐘嫂一剁腳，狠狠推了他一把：「你叫什麼呀，是聽來的還是親眼看見的？」

「哎呀！工地上傳得哄哄的。」他還是衝著我說：「老許偽造票證。喏！就是年關發的豬肉票。你們食堂裡宰了八口豬，一個人只攤上半斤肉票，老許一傢伙就弄了十張票，足足五斤肉。那假肉票，是他私刻的印章。這年頭，能犯這種案麼?!那是從眾人肚裡刮油水呀！恨得人人都想摳他的肉呢！……」他噴了我一臉唾沫星子，一片赤誠的義憤填膺。

儘管鐘嫂百般勸慰，好心好意地想出種種假設，我再不願相信也不得不相信，許屏已千真萬確地被收押在保衛科的看守所裡了。

鐘嫂的男人不失為正直的老實人。他的正義感發洩完之後，和他老婆一起陪著淌起眼淚來。「小朱命苦喔！啞巴吃黃連地和這樣個男人有了個不明不白的小把戲，剛剛名正言順，又被不爭氣的老許牽連得抬不起頭……」

不！我發一陣懵之後，忽然一陣輕鬆。好像許屏那樁荒唐案抵銷了我靈魂上的罪孽，心靈的天平一下子擺平了。

回工地的路程上，我又產生一種向全世界大喊我愛他的衝動。我要喊到公安局的看守所，讓上上下下的人都聽到：朱競芳會用包容一切的胸懷來包容許屏的恥辱的。啊！我終於有了償還他債務的機會。……怎麼啦?我竟會卑鄙到如此程度！在擠得透不過氣的車廂裡，居然有心思哼哼歌子。

在昏昏沉沉的瞌睡中，我做了個夢。夢裡，我在法庭上為許屏辯護。夢醒之後，我還在咀嚼那篇辛辣的辯護詞「……打從大煉鋼鐵起，我就看到上蒼必定會懲罰愚昧的芸芸眾生！」在夢中，我是這樣開頭的。「……這會兒，大家都似乎成了正義的衛道士，可不正是前一年，大夥兒爭吃不要錢的共產主義大鍋飯，把牛皮撐大、國庫吃空的麼！現在你們罵許屏殺千刀，為什麼不早早罵那些把上千上萬噸糧食放焰火似玩掉的官僚主義者？……」嗬……我的詞兒真是滔滔不絕。夢裡，一群人朝我起哄，我面不改色，說得有理有節：「……要我拿證據麼？不要忘了，我是做記者的。所以以前沉默，是我不願做右派分子那樣的大傻瓜！如今，你們真要判許屏，就連我一起判吧！把我們倆一起送到勞改隊，我求之不得呢！……」我是被鄰座一位老大娘推醒的，大概我的夢囈嚇了她一大跳。

那個夢，正是我那根愛冒險的神經緊緊繃了幾年的爆發。我準備回到工地之後，豁出去大鬧一場。

可是回到工地，完全不是我的想像。水庫正準備蓄水，大夥兒忙得團團轉。我和許屏待過的那座山，除了山頂那座做過招待所的樓，其餘的屋舍統統要淹沒在水底。各種各樣的交通工具，正熙熙攘攘地忙著搬家挪窩，那情景，就像電影裡描寫的堅壁清野。

我的隱匿在山溝竹林裡的窩也馬上要淹進水底。我卻不想搬。據說，那個未來包圍在湖水中的島，已經劃歸公安局，將來是一個勞改隊的採石場。既然如此，我大可不必挪窩了。指揮部換了一個新的書記，叫李燃，他親自來動員我搬家：「你這個女娃兒，太不懂事，你當記者，要幫助做群眾的宣傳工作嘛！我看你也不像是一輩子願意蹲在山溝溝裡的。」

我冷笑一下，搶白道：「我是許屏的老婆，你不知道麼？」

「這，和你搬家有什麼關係？」

「許屏不是犯了案嗎，都說要留在這兒勞改了，我該陪他呀。」

李燃笑了。他笑的樣子倒蠻親切，不像別的黨老爺那種假惺惺的皮笑肉不笑。「我剛來，還弄不大清楚。聽政治部伍主任說起過這件事，是她一手經辦的。聽說你那口子是搞藝術的，還是自願留在工地上的，那好嘛！我了解了解，哪能隨便送一個人去勞改呀……」

「我想見見許屏，你總可以批准吧！」

「當然！當然！等會兒我就給伍主任打個招呼，保衛科歸她管。你們報社不也歸她管麼，你可以直接去找她，說我同意了……」

他講的那位政治部主任叫伍素碧，我頂討厭和她打交道了。這個臉上沒有皺紋，實際已經四十出頭的女人，五官都像是用大大小小的鉛字排出來的。講起話來一字一頓，像是一個不熟練的排字工在挑揀鉛字。她的笑聲更像一本紅頭文件翻動的聲音，倒吸著氣，悉悉索索的。她抽煙抽得很凶。從她被煙薰得焦黃的牙齒縫裡，難得揀出同意二字。這回，大概礙於李燃的面子，居然恩准我去探視自己的丈夫了。「唔……！你是搞新聞的，對嗎？新聞最講究五個『W』，對嗎？你要用階級鬥爭的觀點問幾個W，對嗎？決不能感情用事。你的那個許屏不太老實呢……抓他，是有證據的，懂嗎？……」

我倒是從這位主任的斟字酌句的談話裡，打聽到了事情的來由。

這點來由，現在的青年人聽起來，彷彿《天方夜譚》。稍有學問的，還以為是那本《二十年目睹怪現狀》裡引過來一段荒誕。但確實是真實的「現狀」。一個發生在二十世紀中葉的「現狀」。

那年代，職工食堂年關殺豬，每個科室都要派代表監宰監分。不知怎麼地，這個代表大會竟決定讓許屏刻一枚印在肉票上的印章。

伍素碧主任拿出了「罪證」——一枚許屏刻在壽山石上的印章。我一看，哭笑不得，這呆子作為一件藝術品來處理呢！兩寸見方，上好的連姜黃的石料，刻著一個古色古香的豬頭，附帶刻上幾個小子：「亥年記趣」。

「這怎麼叫私刻印章，偽造票證呢？」我盡量說得平和。

「利用自己刻的圖章，多印好些張，這還不算犯罪？」伍主任端出了鐵證，「你看，這是食堂發的，用的是光連紙，這是許屏偽造的，用的是夾宣。」

我心裡暗暗罵了聲許屏：「你這笨蛋！」

「夾宣紙，只有畫家才有，還不明白嗎？……」

虧這位據說讀過女師的主任還懂得夾宣。

我差點脫口而出：「就這塊圖章石料，也夠買兩頭豬呢……」但硬是忍住了，差點把舌頭咬出了血。

伍主任噴了口很濃的煙。她今天也算是耐心的。「朱競芳同志，你不要站錯立場，還有人證呢！這幾張假肉票是從兩個小姑娘手裡發現的。她們都交代了。」她噘噘嘴，「這又是什麼關係呀！」

從伍素碧的生了炭盆的辦公室出來，我猛吸了一口冰涼的新鮮空氣，逕直到了看守所。

看守所就是原來的招待所，畫棟雕梁、玲瓏剔透，我想，如果自己也住了進來，首先會想起李煜的詞：「獨自莫憑欄，無限江山，別時容易見時難……」

陪同我的看守所長比起那位政治部主任，通情達理得多了。他和我開著玩笑：「老許和這幢樓真有緣份呢！我還安排他住原來那間屋……」

果然，他依舊在那間雕塑室裡。那些石料、泥巴和大大小小的轉檯都沒有動。

我進去時，他竟沒有發覺。夕陽西斜，他又趴在窗櫺上，發了呆地凝望著漸漸染紅的石母峰。

他的背影明顯地更加瘦削。

看守長抓過把破籐椅，放在走廊上，自顧自地看小人書。還悄悄帶上了門。

許屏留著長髮長鬚，平添了幾分仙風道骨。我拍拍他肩膀，他轉身，我緊緊地摟住他，狠地吻了一下，嘴唇在他的鬍鬚裡蹭來蹭去，心裡自然湧起了慾念。

他也很高興，笑了。但旋即便很認真地說道：「你來得正是時候，山核桃下小崽子了……」

「什麼？」我莫名其妙。

「山核桃是一隻挺秀氣的母獐子……」他指指窗外：「你來時沒有經過獐苑？沒有到裡面看看……喏！就是那座小山，圍了一圈杉木的。養了幾條獐子。」

我瞪著他，帶點埋怨、帶點可憐。他……莫非得了精神病。

我趴在他肩上。「……咱們倆這麼長時間沒見面，一見面，你盡給我說什麼獐子。」

門口，胖胖的所長已經在打呼嚕，「啪噠」一聲，他手裡的小人書落到地上。

此刻再也沒有誰探頭探腦。我把他摟得更緊，踮起腳，從他亂糟糟頭髮根梢吻起，吻他的額、他的眼、他的腮、他的鼻樑和他的嘴。他的手也漸漸擁緊了我。我真想，我倆就這麼緊擁著，滾到地上，翻雲覆雨，忘掉一切……

我的腮幫子上有點潤濕，他的鬍鬚上也掛上了男子漢的淚水。我一陣心酸，大哭起來。

門咿呀響了聲，所長從虛掩的門縫裡做了個手勢，要我輕聲些。我抽抽搭搭地問：「屏！你怎麼啦，到底怎麼啦……」

他苦笑了一下。我們倆都平靜了下來。

「怎麼回事？你說是那幾張肉票？……那是因為我的嘴饞。你不是老說我饞鬼麼？」他的眼神又恢復了閃爍，是他高興時開玩笑的神情。

「說正經的！別淘氣！瞧你，已到了這地步！」

「這地步？」他大笑起來。「我琢磨石母峰的感覺有了新的突破……」

「你的肉票怎麼讓兩個小姑娘拿去的！」提起小姑娘我沁出一股酸意。

那個所長又推開半扇門，打著呵欠。「嘿，一個十歲，一個八歲，是村裡豆腐坊的兩個黃毛丫頭。老許也真是，為了換一頭小黃狗，用了十張肉票。太不值當……」他又掩上門。

是啊！這叫什麼事！

這個冤大頭！這個呆子！竟然只為了換一條狗。

他喃喃地說：「我要買，她們不要錢，指明要我刻的幾張票，是我留的幾張拓片。拓片！

你沒有見我刻的那個豬頭，刻得很有靈氣，像漢代的瓦當，我拓了十幾張。這拓片值得保存，懂嗎？」

我能說什麼？「懂嗎？……我當然懂！如果在你身邊，我替你保存就沒有這檔節外生枝的烏糟事了！」我又問：「你幹嘛要換那條狗？」

「那是條好狗呀！是獵狗的種，長大了一定能擔任獐苑的守衛。」

「誰要你管這號閒事！」

「……」他直愣愣望著我，好像我變得陌生了。

……

儘管這樁案子已經不了了之，為了這個荒唐的不了了之，許屏在已經歸屬勞改隊的島上蹲了足足一年零四個月。勞改隊裡的上上下下，誰也弄不清這個不穿號衣的「犯人」是個什麼角色。

我把真實的始末講給別人聽時，誰也不相信。組織上處理的事能錯到哪裡去?!那個年代，在各式各樣穿制服的人們心目中，「組織」這兩個字如同一張無形的網，無處不在，無所不包。

那麼，他的那位老同學——現在已是堂堂副市長的丁南北先生，聽過之後會相信麼？

反正，我得照實講。

C 副市長丁南北

這個女人——朱競芳——一個勁地逼著我回答：「許屏幹的這類荒唐事，你，他的老同學，也是學藝術的，會相信嗎？」

我竟不假思索，連連首肯。這個許屏，是幹得出這種他認為近乎情理而別人難以理解的蠢事的。朱競芳給我敘述「肉票案件」始末時，我馬上想像出當時的樣子：許屏刻了個豬頭的圖樣，頗有漢代畫像石的韻味，推算起來，那事發生在六〇年初，照農曆說法，正是己亥歲尾，亥年肖豬，又正巧印在豬肉票證上。許屏肯定大發風雅頗費躊躇地設計了這方石印，方寸之間，透著匠心獨具。我雖無金石家天分，卻也搜羅過不少金石拓片，在我抽屜裡，藏著一方許屏刻了送我的印，據他說，衝動來自我的名字。一朱一白的南北二字，間隙恰恰是個俏皮的丁字。渾然而有趣，至今還保存在一只楠木盒子裡。但這枚章除了把玩之外派不上任何用場。因為他刻的北字，高出了南字。所有人都會讀為北南。我笑著對許屏說：「這個章領工資會惹麻煩的。」他大為驚奇。「你就乾脆改名丁北南，北字在上，天經地義，不信，可看地圖……老兄，你們就太認真，姓呀，名呀，無非一個符號，瞧著吧，將來我刻自己圖章，保不準就是一座石母峰——那垛峭壁像不像一垛屏障……哈哈哈！」我們兩人都笑得很開心，我笑他的癡迷，他笑我的迂訥……

想來，「肉票案件」的「詐騙」，也因為他的癡迷，別人的迂訥。不！何止迂訥……我真還想不出當時人們的心態，該如何給一個準確定義……

我有點嫌朱競芳把這樁事情解釋得過分嚕嗦，這一嚕嗦，反而把簡單的真相越描越糊塗。

昨天晚上，她翻箱倒櫃，把許屏和她的那些不著邊際的苟且告訴我時，我都沒有打斷她的話。唯獨在拚命解釋許屏為何第一次坐班房時，我有點不耐煩地插了話：

「就算老許熬不住嘴饞多吃幾斤肉也沒有什麼了不起的嘛！」話一出口，我馬上後悔自己的猛浪，這……有點不講組織性和原則性。

不過，這也並非脫口而出的胡說，不知怎地，那時忽然勾起了自己的饞慾。情不自禁地咂嘆著一塊紅燒豬肉在六〇年代初的大饑荒時，嚼在嘴裡該是如何的味道。

也正巧，昨天夜裡我做了個夢。可能正是「肉票」引起的日有所思夜有所夢吧！

像是回到了六〇年。

那一年，我從美院畢業之後，剛分配到H市的話劇院。雖然不理想，總歸仍屬象牙之塔。

起初，我因為被派在舞臺美術部門做布景道具設計而牢騷滿腹，幾天下來，竟發現那位置是令他人羨慕不已的肥缺。且不說為演出準備的道具，如糕點、香煙之類，可以名正言順地開列預算，自然而然地留點計劃外的周轉；就說裱糊布景用剩的半桶漿糊，也令當年名噪一時的演員、大導演羨慕不已。

啊！那半桶有點發灰發霉的漿糊啊！

每當演出結束，把那半桶漿糊往爐子上一擱，灑一把鹽末子和蔥花，頓時圍攏上所有的演職員、大牌明星、玲瓏花旦、海派小生，沒有卸完妝便爭著你一勺我一勺地把那只鉛皮桶舀得晃晃響，來遲的只好刮桶底的那點漿糊垢，也不嫌那刺耳的聲音像上刑罰，嗨！那年景……

我開始還有點羞於為伍，但畢竟做不成不食團粟的伯夷叔齊。誰願意餓死在首陽山下呀！咽了幾天口水，終於也和別人一道，搶著刮桶裡的漿糊，鋁製的勺子，刮在鉛皮的桶上，一聲聲尖利的、超出人耳能忍受的音頻，至今想來還直打顫，可是那蔥鹽漿糊的味兒，至今仍是永遠也忘不了的美味佳肴。「此曲只應天上有」哇！

夢醒時分，我還在咂嘆那二十幾年前的美味，卻從胃裡泛出一股洋蔥烤牛排的味道，還夾著人頭馬的白蘭地味兒。唔！這是昨天晚上德國客人請客留下的餘韻……

意識終究是意識，精神終究替代不了物質。因為當上了副市長，參加的宴會多了。舌頭是不會服氣我意識裡的阿Q精神的。可不！蝦子海參、蠔油干貝，比之蔥鹽漿糊不啻天壤之別。而今，稍為像樣的宴席，豬肉不輕易上檯面的。天曉得！我的老同學，竟會為了五斤肉票牽扯出如此怪誕的風波。

糟了！胡思亂想中已在床上賴過七點一刻。

我馬上梳洗一番，還得換上正兒八經的西裝，今天要和維爾康姆的兩位德國佬談判水電站工程擴建中包括環境藝術的開發，自然會引到石母峰，我得使出渾身解數，從意向到實質性談判，路程還相當艱巨。

中午，我要作為主人回請德國客人。

今天，我宴請的地點是水庫賓館的水榭，設計它的是清華大學建築系的一位教授，據說是梁思成的高足。水榭由一座廊橋伸進水庫，是當地明代建築的借鑒，粉牆灰瓦，雅致又不失雍容，樑柱、斗拱和欄杆，都講究在用料和做工，不設任何色彩的油漆，和湖中那個山峰上的樓宇，遙相呼應，可惜，那座樓宇因為沒有保護已面目全非。

我宴請的是全魚宴席。

這也事先設計好的，所有菜肴全都是水庫特產，即景生情，借題發揮，漫不經心地便將談話主題引到水庫的開發上去。

兩個德國佬胃口極佳。吃著石母湖的魚蝦，講著日內瓦湖的見聞。翻譯譯過他們的話，說是日內瓦湖畔如果有這麼一所精緻的中國餐館，加上如此高超手藝的廚師，瑞士聯邦政府的旅遊收入肯定還會增加幾成。這種不著邊際的恭維，聽得夠多的，但恭維總很入耳。本來嘛，人家憑藉上帝留下的老本，賺得有聲有色，從數不清的遊客腰包裡掏走了成億美元，難道我們就不能也從盤古身上找一點發財的門路！我誠心誠意地引導著他們多介紹點西方發展旅遊事業的經驗。

又上了一道菜，清蒸鱖魚。

客人中一個喝了聲采：「多麼美麗的魚！奧地利就有一家專門供應鱒魚的飯店，店面並不起眼，生意卻特別的火，因為一面品嚐魚，一面聽舒伯特的「鱒魚」五重奏。」

翻譯把舒伯特翻得太中國味，我還沒有應答，座中有人插上了嘴：「你講的那個音樂家姓蘇……叫蘇培德？那是我的哥們兒，他不是把一首叫〈漁舟唱晚〉的名曲改編成電子琴的曲子嗎？……」

我的臉唰地紅了。這位老兄我並沒有列入陪客的名單，不知怎麼就撞上了，礙著面子，讓他入了席，我心裡就不高興。他叫伍玉華，女裡女氣的名字。好幾個朋友都提醒過我。這位市外貿的伍處長，是市委副書記伍素碧老太太的公子，不好輕易得罪。他也曾經是副市長的提名者，換句話說，是丁南北的角逐者，不知出於何種原因，我勝過了個這麼一籌。

憑心而論，我決不計較這位官場上的角逐對手，因為我自己也無經世濟國的大材。承蒙前輩栽培，把我推上了這個如臨深淵的位置，所以對伍公子，總裝得落落大方。我未嘗沒有學會點官場世故！

但這位伍公子對我的位置是酸溜溜的。

他背地裡刮過不少風：丁某某算老幾！學藝術的八成是右傾自由化。但據我所知，他自己也學過幾天藝術。是一所相當於中專的藝術學校。六六年的畢業生。我抱定宗旨，只要不在工作中搗亂，我一定顧全大局。傳話者中間，未始沒有別具用心之徒，所以別人透露給我伍公子的底細，我一概擋駕。這也是多年處世閱歷的城府：凡在我面前揭人短者，也會在人前嘀咕我的混賬。

伍公子的底細，恰恰是他自己漏的。

有一次，在討論市區規劃的會上，因為城郊發現一處北宋遺址，文物局建議認真保護。文物局長平時說話就愛用點典故。他說：「這個遺址，從已經挖掘的獸脊、瓦當和陶磁碎片來看，都屬典型的北宋風貌，《東京夢華錄》提到的某處，地理位置正好和這座舊城吻合……」哪知道這位伍處長竟脫口而出：「原來東京在宋朝還歸中國管轄。」幸虧在場的沒有日本人，沒鬧成國際笑話。

瞧！這會又來了，他把十九世紀初期的奧地利音樂家拉扯成自己的「哥們兒」了。幸虧兩位德國朋友不通漢語。翻譯也算聰明，稍微愣了下，隨機打了個岔，並朝我呶呶嘴。

我趕緊端起酒杯：「為舒伯特！如果這位一百餘年前的奧地利音樂家能看到美麗的石母湖，也許還會寫出一首和《鱒魚》一樣美妙的樂曲。」天哪，我已汗濕了襯衫，情急生智，把我肚裡那點可憐的音樂知識全摳了出來。

我竭力裝得平和，但從目光的餘光裡，感到伍處長的目光，大有虎視眈眈的味道。

德國客人眺望窗外，提到了石母峰。它陡峭又嫵媚的身影恰好嵌在窗隔裡，多麼美妙一幅畫。

「啊，中國的建築真會利用共享空間，瞧……」一位客人指著石母峰，峰上拂過幾絲淡雲。「……石母峰，現在彷彿是母親披了一塊紗巾……太美妙！不可思議的美妙。怎麼樣，副市長先生，為世界上最美好的名詞——母親——乾一杯！……」

啊！真中下懷。好像一切都在按照我計劃的步驟進行著，而且是他們主動提到了石母。不趁這個機會介紹許屏更待何時？於是我便把許屏在二十幾年前就構思過的方案繪聲繪色地描述了一番。

微雲飄過的峰頂，露出陽光沐浴下的燦爛，像是母親會意的笑容。

天時，地利都配合到恰到好處。

居然在翻譯過之後，一片寂靜。上了兩道菜都沒有刀叉杯盤的動靜。我大概很投入，講得很動聽，恰到好處地把大家的思緒引向一個藝術家的構想。

半晌，才聽到一位德國朋友很渾厚的聲音：「只有東方的哲學才會產生這樣的想法。西方現在太實際！」要不是翻譯，我幾乎以為他在默誦一段讚美詩。

我的意思已經有了眉目，打從聽了李燃和朱競芳的敘述之後，一直在想方設法，讓許屏這個有才氣的雕塑家獲得自由，至少給他創造的機會。幾年來，混跡政界，學了點「外來和尚好念經」的世故。也許借兩位洋和尚的經，超度了許屏。

借著酒意闌珊，我大大地介紹了「那位藝術家」的才能。

德國佬聽得入神，還打聽「那位藝術家」的下落，大有親自拜謁的意思。

我暗暗自喜，有點火候了。

現在當然不能說出許屏的「待罪之身」。我支應道：「……許多年沒有和這位藝術家聯繫了。你們也一定知道，中國經歷了十年很不幸的動盪，尤其是藝術家。……如果我們的合作進入更深層的地步，不妨實質地討論一下石母峰開發，我想，我們一定會把那位藝術家請來的。」

德國朋友興猶未盡：「我相信能有這樣一天。副市長先生，很多偉大的藝術工程都在意想不到的情況下完成的。」

我最後舉起杯：「但願一萬年以後，人類會感謝我們在這美麗的湖山間創造了奇蹟……」

撤掉筵席，送走客人，我逗留在廊橋，憑欄遠眺，性情十分好。

一個人輕輕走到我身邊，挨著我，要不是他開口，我竟沒有覺察。他是伍玉華。

「丁副市長，我想向你討教，可以嗎？」他說得溫文爾雅，細聲細氣。

「不敢當！」我也很客氣。

「給我半個鐘點時間匯報一下工作，行麼？」

「伍處長，我很少過問你們外貿局的業務。」

「不過，涉外交際的原則都一樣，包括旅遊業的利用和開發……」他軟綿綿的話裡帶點針刺了。「……瞧，我又用錯了詞，應該說是旅遊資源的開發……您多包涵。」

「伍處長，你有什麼事就直說吧！剛才在宴會上我糾正了你的一點誤會，你別擱心裡去。畢竟你不是學音樂的，是嗎？聽說你學過美術……」

伍玉華陰沉地一笑。「副市長很了解我的學歷呀……正因為學過美術，所以猜想到，您今天在外國人面前大肆宣傳的藝術家，是許屏？」

「喔！你也認識他？」

「我曾經尊稱他老師。」

「那好啊！我正想打聽他的近況。」

「大前天，李燃書記不是已經帶你到湖裡去過了？你們不是把許屏的老婆接到城裡來了麼？您已經兩天和朱競芳攪在一起麼？」伍玉華慢吞吞的腔調裡，已經在步步緊逼，就因為我在筵席上戳了他的無知?!

什麼話！「攪在一起。」我拚命壓抑的好聲好氣使得腦門子的青筋繃得生痛。

我立即意識到，自己的一舉一動，都記上了人家的小本本。面對這張斯文白皙的臉，我還沒法怒形於色。

但是人家已經打過來一記太極拳，我也得端個架式。

我忖度了一下。這個淺薄公子還算不上老謀深算。否則不會那麼快亮出底牌。

我勻了勻氣。「你知道許屏是我老同學麼？」

「前天才知道。」

「消息很靈通呀！」

「不是吹牛。如果市裡開一家信息公司，誰都甭想和我競爭。」

唔！終於又露出輕浮和淺薄。

我微微一笑。「伍處長，信息和小道消息是兩回事。信息是知識，是縝密的科學，是數據！」

「我不是沒有文憑。」他回答似乎風馬牛。分明有點虛弱……

「大學？」

「丁副市長在考我還怎麼的！你可……查查我的工資表。今年調上了兩級。這不是假的吧！」

又是文不對題。我似乎站在上風了，故意拖長了聲音：「那很好嘛！希望伍處長的工作和能力能對得起提升的兩級。」

「可惜在您眼裡，我還不及一個勞改犯。」

「這是你自己的比較。」

「你肯定聽說過，許屏犯的是殺人罪吧！」口氣裡已帶點淩厲。

「聽說了。還沒有詳細了解。」

「那請你打聽打聽，在這個市裡，最有資格發言的是誰？」

「你說呢！」

「我！」伍玉華溫和的聲音陡然一變。炸雷般的吼了起來。

我這一愣，非同小可，馬上失去優勢，怔怔愣愣的模樣在伍玉華眼裡一定十分可笑。

「丁副市長，我說一句可能不該說的話。」他的聲音控制得真好，又變得親切溫和。

「請講。」

「您已經犯了個大錯誤。」

「喔？……」

「既然你已知道許屏犯有殺人的大罪，為什麼還要把他介紹給外國人？」

……

這一軍將得不輕。

我沒提防這小子會來這一手。我不能小瞧這個角色。

我打量著碧波萬頃的湖面，努力使自己的心胸寬敞些，大口地勻了下氣，使思維清楚些。這，分明已是中國官場的政治訛詐。我決不能示弱，便反問道：「沒有判許屏死刑吧，根據我對這位老同學的性格的了解，我有理由做進一步的調查研究。」

「你還要調查什麼！」伍玉華的嗓門尖利起來。「他要殺的人就是我！我就是受害者。」真是晴天霹靂！

我眼前的石母峰忽然顫悠悠地晃動。

這一剎那，我怨恨起李燃來，你這個第一把手，葫蘆裡賣的什麼藥。為啥不把許屏犯罪的事實真相直截了當地說出來，還有朱競芳，嚕哩嚕囌，扯了大半夜的裹腳布，卻沒有講到許屏為何行凶，對誰行凶……瞧，一下子把我置身於招架之功都沒想好的尷尬局面。

我只好問道：「是什麼原因，引得許屏向你行凶呢？」

「請你自己調法院的案卷去看吧！」

「你是什麼時候和許屏在一起的，據我所知，他一直在勞改隊裡工作。」

「難道你以為我伍玉華也在勞改?!」

這小白臉棉裡藏針的幾個招式，噎得我半晌沒有了語言。有頃，才打了幾句官腔：「既然您是受害者，您能否詳細講講事情的來龍去脈……」我已經下意識地改用了「您」的稱謂來禮賢下士了。

伍玉華撩起袖子：「還要什麼來龍去脈！」

我看見了他臂上一條不長也不短的傷疤，像一條趴在皮上的僵蠶。

我又感到腦子失血般一陣暈眩。等我再想問什麼時，伍玉華已經走了。在曲折的走廊裡，襯著青山綠水，他的背影是很好看的，像一個訓練有素、身段把握得有分有寸的花旦。

我，一個堂堂副市長被晾在空落落的廊橋上。

湖水拍打著橋墩，卻在我胸中激起嘩嘩的浪響。

對這位既是下屬又是角逐對手的小白臉，我原來太小看了。原以為這個不學無術，還愛賣弄的淺薄兒，居然也有人哄抬出來角逐副市長未免滑稽。可是剛才領教了他的幾個回合之後，實在自愧弗如。

我邁著發沉又發軟的步子走出賓館，剛想跨上汽車，邊上一輛奧迪車裡端坐著位女士，見我，很客氣地走出車來，很親熱地招呼道：「啊？南北同志呀……聽說剛才你和德國的談判很成功……嗯……好嘛！不過也要注意點分寸……是麼？……喔唷，你近來像瘦了……要注意身體呀。是麼？……」

她握著的手，很涼的手。

等她再回到自己的車上，開走之後，我還在發怔。伍玉華將我一軍真厲害，半晌都未轉過神。等轉過神，陡然一愣。剛才我握著的那個女人的手，不知所云地寒暄，竟想不起這位老太太便是伍玉華的娘，現在執掌著市裡的人事和政法大權，僅次於李燃的第二號人物。

我剛才是怎麼答應她的？

我有沒有不得體的地方？

糟，剎那間工夫，我竟會一片空白。

我在琢磨她的話，稱我為「南北同志」？似乎過分禮貌了些，平日裡，她總是叫我小丁，人多的場合，便稱呼我的職務。今天這種稱呼有點蹊蹺！邊上又沒有什麼客人，再說，那些有一搭沒一搭的官場應酬話，也明顯地做作，這位老太太，仗著在女的老幹部中是稀罕的高中程度，從來都習慣用教育式的口氣，今天變得過分溫文爾雅。

是不是我在宦海浮沉了幾年之後，已習慣了「防彈背心」？過分地懷疑人了？不過伍素碧在眾人的口碑中一直是個人人敬而遠之的角色。

現在人們的舌頭根子鬆動了許多。聊起五〇年代逢單，六〇年代逢雙，七〇年代單雙都亂了套的「歷次運動」時，學院派稱之為煉獄。大多人被煉，少數人煉人。

據說，伍素碧的專長便是煉人。

我當上了市裡「領導人」之一後，在一次市委擴大會上聽見一個佝腰駝背的小老頭，拍著桌子罵她：「伍素碧！幾十年來，被你整過的人還少麼！連你自己的老頭兒都被劃清界線劃到陰曹地府去了。你積積德吧！想想吧，三十年裡，你製造過多少孤兒寡婦！……」這駝背老漢是當時的統戰部長，發脾氣的緣由倒不是為了自己，因為一大堆所謂「右派」的教授學者的冤案卷宗，壓在伍素碧的抽屜裡，遲遲沒有批覆。

我真佩服這位老太太的涵養，她既不生氣也不委曲，叼了根煙，親自給那位部長倒了杯茶，苦笑道：「呂部長，我家不也是孤兒寡母麼！」

沒隔多久，這位統戰部長被調走了。

席捲中國大地的「文化大革命」就像一場突然爆發的龍捲風，連伍素碧自己都捲入了煉獄。還有我。

那年，我在劇院裡剛剛撂下親自拎的漿糊桶，當上了指揮別人刷漿糊的舞臺美術部主任，所以便成了「走資本主義」的當權派的「接班人」，是「未來的定時炸彈」。革命小將防患於未然，把丁南北送到了農場去「監督勞動」。其實，真是抬舉了我。

和我一起改造的「牛鬼蛇神」，年齡和職務都大大地高於我這個不起眼的小角色。

在農場，有幸結識了當時已任市委組織部長的伍素碧，她的丈夫是當時的市長。

我印象最深的是伍素碧有一只雪白的木箱，是她親自油漆的，因為打聽到我學美術，便請我在箱子上用紅漆畫上個十字，還用美術體寫了「為人民服務」幾個字。因為她是老幹部，又是高級幹部，態度之誠懇使我十分感動。我們便這樣認識了。在「改造」期間，交往不少。有時，我頭疼腦熱，或者腸胃不適，伍老太太總是親自送點感冒通、黃連素等藥來，每次都必定教誨我：「同志，這是我自己用黨費買的，現在不讓我過黨的生活，但是自己思想上永遠是在做一個共產黨員，是麼。」有時，她還從腰包裡掏出個小筆記本，給我看每次買藥的賬單和她給過誰什麼藥的名單。「小丁啊！這個筆記本便是我伍素碧永遠沒有忘記自己是共產黨員的證據。永遠經得住考驗，哪怕最最嚴酷的環境，是麼？」

她總喜歡在講完自己的意思之後，加上個「是麼」，這可以加問號也可以加驚嘆號的語氣，既是謙虛，又像指示，我總在她的「是麼」之後，感到接受了一次深刻的教育。

在我心目中，她確是女中豪傑，巾幗楷模。

我吃著她送來的藥或是抹著她的碘酒紅汞時，好幾次都含著感激和崇拜的熱淚。

我在農場的日記裡寫過不止一篇感情充沛的心得，並作為思想匯報交給管理我們的工人宣傳隊。

伍素碧很快便獲得了「解放」。這意思是很快離開了「牛鬼蛇神」，重新當上了什麼主任……

但在宣布她解放的那個晚上，因為劇院的副院長兼總導演拉痢疾，我去找伍素碧要幾粒黃連素。她的臉色使我大吃一驚：「小丁啊！你真是太糊塗！總導演？他是什麼人?!是參加過國民黨演劇隊的。是特務！我用黨費買的藥，怎麼能給這種人？小丁啊小丁！你怎麼到現在還不懂得感情是有階級的……是嗎?!」

我能說不是嗎?!當時被她的一番道理講得啞口卻非無言。那言都埋在心中：我怎麼也看不出總導演是「階級敵人」，尤其是什麼「特務」。他排演的戲哪一齣不都經過審查的嘛！審查者中有伍素碧，上後臺來接見握手也有你伍素碧……

我不敢再開口，也許正是我的「階級感情」出了問題。尤其她的尖嗓門因為「解放」而頓時變得居高臨下，莊嚴萬分。窗外有許多人都在聽。

過後，有一位老幹部提醒我：「這位老太太明知自己的男人背上害個碗大的瘡，都咬緊牙關不送一粒藥末子的呢！她要和男人劃清界線……是嗎？」口氣是學伍素碧的，講後冷笑了幾聲：「這回，伍素碧升天堂了！她男人就因為那個瘡，血中毒，死在地獄裡了。」

可見得所謂的「煉獄」也未必都修煉成正果。

至少我是如此，我修煉得世故多了。

憑心而論，我和伍老太太本無成見。她兒子和我「競選」之類的事，都是事後才聽說。據說伍素碧在提拔誰當「副市長」時，還為我說過好話。「這個丁南北，和我一起在農場挨過整，我了解他，挺能幹，毛病麼總有點的，政治原則性不太強，不過，當一個抓市政建設的副市長，到底不是黨務工作，是嘛?!……」

我的任命下達後，她作為分管組織工作的頭頭，和我談過一次話：「小丁啊！我們倆算是患難之交了。這患難，終生難忘囉，是嗎?!我這人哪，一輩子吃虧在原則性太強！所以得罪的人也不少。這一點，你和我在農場一起挨整，總有體會……是嗎？」

這番談話，我許久才回過味來。丁南北該在被伍素碧得罪過的人面前，該多講點原則性。副市長的身分，話的分量就不一樣了。

我的意識流流到什麼地方去啦！見鬼。

由許屏而伍玉華，由伍玉華而伍素碧。

伍玉華是伍素碧的獨生兒子，因為和男人劃清界線，連兒子的姓都跟了娘。

我要面對怎麼樣的原則性呢？

……

天哪！

各種錯綜複雜的關係，已由許屏的案件發端，使我捲進了一個目前不知深淺的漩渦。

我是繼續漩下去呢，還是趁早住手？

今天晚上，我還約著朱競芳呢。

D　朱競芳

我也許把這位副市長大人的工夫耽誤得太久了。

他約我來，說是再交給我一個晚上的時間。

一個晚上，幾個小時？可以是兩小時，也可以七小時。上一回不就談到了子夜，害得辦公室那勤務員隔不久便送瓶開水。我也確實口枯舌焦，接連換了三杯濃茶。要不是這點興奮劑，我還真沒勇氣把靈魂都捧了出去。事後，有點後悔，幹嗎把自己打扮成查泰萊夫人，給一個男子提供了男女苟且的談資！如果丁南北不地道，會作何想法？……這個蕩婦！這個破鞋！……嘻嘻！津津樂道自己被窩裡的穩私，莫非是個二百五、十三點、神經病，想揩揩油易如反掌！我不是沒有經歷過。兩年前，一個不大不小的頭頭，說是想幫助我解決許屏的問題，還沒有等我開口，就想摟住我動手動腳了。也不看看老娘快到知天命之年。

呔！男人，大都是生冷不忌，老少咸宜的色鬼！但這位丁副市長至少在這方面算得上正經。

可是，我總覺得那個油頭粉面的勤務員的眼神蹊蹺。他興許貼著門偷聽呢！如此之殷勤，保不準就想撞一個桃色事件。也不嫌累？幾個小時都屏聲住息，偷聽屋裡有無寬衣解帶的聲響。我甚至懷疑，這小子莫非給什麼角色收買了！

管它呢！我就是給人家談出鳥來的嘴巴，添點有色有味的唾沫！

至於副市長大人聽我講的那些之後作何感想，也不必去管它！耽誤他一點工夫也活該，我所講的，總比他在文件堆裡磨蹭強！是活生生的民間疾苦！

我不打算把一二十年的故事做成乾巴巴的壓縮餅乾。

信訪辦公室裡姓王姓李姓張的值班員，一開口便要人把材料寫得簡明扼要，但是一個案件的始末因果，哪一樁不涉及到各個人的感情世界和心理歷程，有誰會無緣無故地殺人放火！犯罪心理學是一本不朽的聖經！

這會，我又給自己泡了杯釅得發苦的濃茶，神經又亢奮起來，到了無法抑制的程度。

丁南北先生，您可別埋怨我嚕嗦，我無法把人的七情、六慾化為枯燥的甲乙丙丁。

我至今還無法組織起精確的詞彙來概括許屏怎麼變成了「凶殺犯」。

那就只好請您耐著性子。

門外的腳步聲告訴我，送水的又來了。

就這一樁肉票引出的「案件」，許屏居然在看守所待了一年，看守所後來劃歸勞改隊，他也莫名其妙地歸屬了過去。因為他沒有穿號衣，犯人看他，以為是管教幹部，而管教幹部也弄不清，他到底算不算犯人。

那時，水庫已經蓄水，指揮部撤銷，換了名目，叫水庫管理委員會，施工隊紛紛走了，舊的班子已經不管，新的班子又管不著。事後，我才在管教所看到李燃的批示。批示寫得很風趣，大概這樁官司的始末，李燃了解之後頗引起一番雅興。「荒唐年代荒唐事，糊塗官判糊塗案。」挺像「三言二拍」的一個回目。但辦公室的人不能照這條批示辦理的，「糊塗官」分明得罪了伍素碧主任，於是便壓了下來，壓在灰塵積滿的檔案裡。

許屏在不了了之的情況下出來了。

出來的那天，我特地雇了條小船去接他。他倒是神清氣爽，很健壯的樣子。

他見我面的第一句話：「工程完了，該輪到搞環境藝術的事了吧！」

我哭笑不得。「你倒自在！不像蹲在勞改隊，在桃花源裡呢！不知秦漢，無論魏晉……」

他摸著落腮鬍，眨巴著眼。「你這話是什麼意思？」

我告訴他，山河依舊，人事全非，管理委員會的頭頭腦腦壓根兒沒有考慮過什麼環境藝術，你呀，別自作多情吧！

他囁囁嚅嚅地說道：「這一年，我把石母峰的魂兒都印在心裡了。」

我沒有睬他，替他辦好手續，整理好行裝。他呆愣愣地看著，一言不發。那時，這個管教分隊的規模不大，有數的幾個管教幹部和家屬都用一種怪模怪樣的眼神打量我們。如果拍電影，絕對好鏡頭。管犯人的和「犯人」都用眼神在交談：

「瞧！這個呆瓜……」

「不就為五斤肉麼？」

「這算啥名堂？」

「不就是這個名堂！」

我看得想大笑，敞開懷來，痛痛快快地大笑。

我挽住許屏的手：「走吧！」承蒙那些管教幹部還送我們上了船。

剛撐出一篙，許屏忽然用一種依依不捨的語調問道：

「我還會回來麼？」

我真想抽手打他一個耳光；又想把他拽到懷裡，好好哄哄他。他莫非真傻了。

他壓根兒沒提在島受的罪。我撫摸著他那雙像岩石一樣粗糙的手，就明白他是在採石場幹活。

他好像把採石場當成了藝術家的工作室，說起來目光炯炯。可不！他老早就結識了一個石匠，據說手藝高超，他一直等著刻石母峰，那石匠是他的夥伴。

我看得出，我這個做妻子的，遠遠沒有石匠重要，連脫掉衣服裸著胸部給他當模特兒，都嫌我拿腔拿調。一想起那情景，我辛酸得眼淚都發辣。

經過那幾年的折騰，我已被改造得十分現實。早已從自命不凡的雲裡霧裡，降到人間煙火的地上。我早已寬恕了父親生前的卑躬屈膝，不是現在的自己也給生活壓得彎了腰麼。

我早已籌劃，把許屏接出來之後，我們兩個下決心混跡在芸芸眾生中，過最最普通的老百姓的日子吧。我已答應調到一個農村中學當語文教員，也託了門路，給許屏在文化站謀了個差事。我也不必激揚文字，他也毋須指點江山，我們都過了風華正茂的年齡。

想著淒涼的往事，更想想沒著沒落的未來，我淚痕欄杆。

他又慌亂起來。把散了神目收攏在我臉上，憨憨地笑。又講起了什麼鳥呀、松鼠呀、獐子、狍子呀這類不著邊際的話來，算是安慰我。他給獐苑曾經養過的獐子都起了名字，公的叫張得勝、劉富貴，母的叫李秀英，王翠蘭……倒是逗得我笑了起來。他，還是他，和從前的他一樣，絲毫沒有變。「……我以前給你講過有老豹吧！還真來了。我看見牠時，他已經叼了一隻小獐子。我叫牠山核桃的那隻小獐子。豹子已躍到了岩上，扭過脖子朝我瞪眼睛，像兩粒火球；核桃兒也朝我看，眼裡滴著淚珠。你信麼，動物也會哭……」唉！真是一點也沒變，我迷他，不因為這個模樣麼！在你爭我奪的功利場裡，難得看見啊！像他這一副悲天憫人的心腸。

我思緒亂成了一團麻。

他盯著我半天，見我有了笑容，又自言自語地嘟囔：「……可惜，我那幾箱石頭扔在島上……」

我悟出了他的意思，「屏，你是不是捨不得你的那個島子？」

「劉隊長說，我可以留下來做一名職工。」

「你能管犯人？」

「劉隊長說，水庫搞美化的工程肯定要包給採石隊活兒幹的。」還說：「周麻子，那好石匠，刑期早滿了，現在就留了下來……」

我完全明白了。

我不假思索地便命令船老大掉轉船頭。……這回，是真正償還他的情債的時候了。

要不是礙著撐船的，許屏肯定會誠心誠意抱緊了我。他的臉色頓時開朗，像大孩子似地張開了雙臂。我當然也會投懷送抱……但卻沒有衝動。我太明白這個男人，他想擁抱的是石母峰，他的行李簡單得不能再簡單，所以雇船，全為了幾大紙箱的速寫本，畫的都是石母峰，各個角度，各個季節，陰晴雨霧，春夏秋冬，他的筆的確伸進了那垛神奇山峰的心窩。

那塊魔鬼劈出來的石壁，我真想把它炸了！

但……照他這樣的意志，也許這個與世隔絕的地方真可能造就了一位二十世紀中國的米開朗基羅。

我暗暗懺悔，怎麼能詛咒他如此深愛的石母呢？這個從小沒見過娘的孤兒啊！

我和他居然都在勞改隊當上了職工。他當然在採石場，我管圖書資料。水庫指揮部留的書不算少。

可是這兒哪裡像他迷戀的瓊瑤仙境！

他，作為一個糊塗官司的「犯人」，還博得不少同情，可是重新回去，人家就把我們這對夫妻看成是什麼單位都不願接受的垃圾。尤其對我，那個專門改造男性犯人的地方。各種各樣的男性，管人的和被管的，一道道目光都恨不能從你身上摳掉一塊肉。島上並非只有我一個女人，管教幹部的家屬也有十好幾，不過人家是土地婆。我是冤鬼。轉來轉去都碰上直勾勾、酸溜溜的目光。她們擔心我是狐狸精變的。即使蓬頭垢面，我也是出眾的漂亮。

許屏卻滿不在乎。他之留戀這塊寶地，無非還因為最初的幻想——一件值得奉獻終身的驚世駭俗的傑作。他已經奉獻得刻骨銘心。稍有空閒，他就癡癡呆呆地蹲在崖上，遠眺石母峰，沒完沒了地琢磨著這垛不長一根草的峭壁。那種腦子裡翻江倒海而表面上靜止得像入定的形象，使得許屏自己變成鑄在崖上的一尊塑像。看著他的超塵出世，我忍受了一切屈辱。我覺得自己的犧牲完全值得。我經常默默地陪著他，望著一抹晚霞從山頭逐漸降落。那石壁，由紅變紫，由紫變藍，最後剩下一個黑影，連我都從那黑影的輪廓上想像出，經過雕刻，去蕪存菁，將是一個慈祥的母性的身像。她俯視著碧波蕩漾的湖水。我好幾次都想呼喚：「許屏，你選擇得對了！人間容不得你我，總算有造化收容！」

天黑透了，我便拍拍他肩膀：「走吧！今晚沒有月光。」

他晃晃然地站起來，晶亮的眼光是思維通了電之後的閃爍，保不準，又換了一個方案。他的草稿已經數不清了。

有時，那個叫周麻子的老石匠也陪著我們。那才是個江洋大盜的坯子，動不動就鼓搗許屏去攀崖。這個滿臉橫肉，原本是飛簷走壁的賊坯軍也摻和進藝術，我一想就惱火。什麼情緒也沒有了。偏偏許屏一見他就話多，還拉著他到我們的窩裡，叫我打酒炒花生。他們津津有味地討論著開鑿石壁的方案，越說越帶勁，惹得政治神經特別敏感的鄰居，沒事找事地串門子，溜來溜去的目光像發現怪物似地瞅著我們三人。

這兩個男人還不怪麼！脫了黃皮還硬要賴在島上，莫非懷有大陰謀：煽動犯人反了？把島子都燒光了？把管教幹部也都殺了?!……鬼都不相信，一個雕塑家，一個土匪，會是討論一種叫「藝術」的玩意兒。

那玩意兒，猴年馬月才能付諸實施？有哪位大人物敢批准在石母峰上鑿一個女人半裸的雕像?!但我不能勸他，也不該勸他。正是這個信念支持著他的全部精神。他並不寂寞，劈石頭劈上了癮，對石頭的紋理遠遠比對我的手紋熟悉。看見人家打魚，網收攏，魚蹦出水面，銀閃閃一片，他樂得像孩子，跟著漁船跑；聽說最後一隻獐子也給豹子拖走，他會趕到空落落的杉木柵欄前默哀半個時辰。

難得有個休息日，他就關上門，要我做模特兒。

我常常想起第一次厚著臉皮，露著一對奶子挑逗他的情景，便橫豎都擺不出理想的姿態，由著他一遍又一遍地調整，像調整照相機的光圈。可是我眼裡的焦點始終是一片迷惘。心想，咱倆幹的這些有屁用！

在我倆的床底下，泥雕的、木雕的、石刻的，無數個像，其實都只是一個人——我！有時我很為自己的奉獻驕傲，但有時會忍不住地想大喊：「去你的吧！什麼仁慈，什麼母性的愛，都去一邊吧！許屏，我求求你，死了這條心吧！」

我終於對他號啕大哭，精赤條條地滾到他懷裡。來吧！我要……這會兒，人家都趕城去了，我要……我要不顧一切地叫喚，用最原始的性的呼喚，呼喚他的靈魂回到人的正常生活中來！我需要，我渴極了……

但是他的靈魂，甚至是肉體，始終沒有和我真正地融合在一起。

即使他抱著我，眼神裡也留著石頭紋理。

即使他喘著原始的粗氣，也像石粉般地噴得我嗆嗓子。

我也就像被一塊石頭壓著，透不過氣。

他不是人！或許真成了賈寶玉脖子上那塊通靈寶玉。那也是石頭啊！我等著有一天和他靈氣通成一氣，或者，讓那塊玉莫名其妙地失落了……

真失落了，他肯定也成為瘋子，肯定的……

我耐著性子吧！注定自己要像南洋小島上的女子，陪著古怪的高更，自己被高更畫在牆上，一筆一筆地變成了驚世駭俗的不朽，也看著他一塊一塊肌肉的剝落。

果真這樣，我陪著他都昇華了！啊！多麼美。……但現在哪是印象派光芒四射的時期！一講到高更和別的什麼藝術殉道者，嘿，他頓時神采飛揚。幸虧他娶的老婆這方面知識不差。

他一次又一次地絮叨：「……阿芳！這你就明白了吧！一本藝術史就是這樣寫下來的……」可不！霍去病墓上的大石刻、敦煌莫高窟的壁畫、大同石窟、雲崗石窟，還有墨西哥的馬雅、秘魯的印加……以及復活節島上的神秘傑作……哪一處不叫人瞠目結舌。乖乖！人，能創造出如此偉大的文化。那些攝人魂魄的藝術，不都是無名氏的創造！當時，那些無名氏有誰享受過人的尊嚴？不都是勞改犯！……「不！當時不叫勞改犯，叫奴隸！」他十分認真地糾正我們討論時的口誤，像一個學者那般嚴謹。

天哪！這又有什麼區別！

勞改犯、奴隸，和藝術家。地道的三位一體！

「妙極了！」他摟緊我的脖子，狠狠親上幾口：「你居然創造了一條藝術定律！不亞於牛頓的萬有引力！太棒了……阿芳啊！大凡大藝術品，非要做到奴隸的程度才能完成……太棒！太棒了！」他笑得如此陶醉，朱競芳在他的心目中忽地可愛之極。

其實，我是在奚落他。這個下作坯子！

我們倆越是這樣討論，他就越是不滿意自己的草稿，於是我便一次又一次地變成了花崗岩，由著他變化無窮的思想，一會兒這裡鑿去幾塊，一會兒那裡鼓起幾塊。

終於，他創作了一座自己也滿意的胸像。

那座女性像的頭部，帶點抽象，特別強調脖子的曲線，臉上的五官，能省略的都省略了，於是更顯得表情的迷惘。它，完全改變了許屏的初衷，不再是俯視蒼生，而是微微昂首，可以想像，朝暉夕照，不同的光線照射之下，會產生不同的可視效果，但總的效果不變，母性的仁慈裡略帶蒼涼。

女性的乳房，被他寥寥幾斧頭砍豐碩而誇張，原先遮掩的手勢沒有了。由於乳房的誇張，使得石母峰的陡削，變得優美而柔和。這便是「仁慈」的主體，他不再在具像的眉眼之間做文章。

還有一處根本的改動，是母親的手。你能感覺得到手的存在，但手的具像也沒有了。它隱在岩石裡，沒有伸出，卻在掙扎著伸出……

這座雕像使我愕然，我真正地被震撼了。技法上他完全摒棄了學院派的經典，把中國漢代的、印度的、非洲的……所有原始性強的手法溶為一體。大刀闊斧，只求其神，因而使形變得異常簡潔。真正的環境藝術啊！如果不在這湖裡呆上若干年，決不會創作出獨樹一幟又和周圍的環境如此諧調的藝術……

我的目光是挑剔的。有點疑慮那雙手。

他看出來了。莫名其妙的解釋：「我沒有給母親抱過。」

看他嘿嘿嘿地憨笑，我不想再問什麼。藝術總是解釋不清的。

他難得睡得如此香甜。枕在我的臂彎裡，原以為他的肌肉已經僵硬得像石頭，那一刻，卻出奇地柔軟，要不，硬戳戳的鬍子哪能瘋長。

看他這副睡相，知道他自己也頗為得意。

我怕驚醒他，不敢抽出發麻的手臂，便把目光久久地停留在石雕上，月光灑在優美的線條上，石像便似汪出一股清泉，柔和地從額頭淌到乳房……

我淚眼模糊。

他越接近自以為的成功，我的憂慮和恐懼也與日俱增。

我的擔憂出自當時的中國社會史。他哪裡會知道！我忽然比任何時候都擔心會失去他，隨時隨地。

我和他大吵了一場。

他又犯神經了。竟會想抱著他的得意之作到水庫管理委員會去請求撥款。他說：「該動工了！」輕鬆之極，好像自己是大主任、財政部長，嘴皮一動，大筆一揮，幾百萬人民幣就會掉下來。於是，石母峰前就會搭起腳手架，他呀！周麻子呀，還有什麼地質師呀、測量師呀……一大幫工程隊立即開赴過來，轟轟烈烈，連夜晚都燈火通明。就像當年修建水庫，滿山谷都聽到叮叮咚咚開山鑿石的聲響。

他哪裡曉得，水庫大壩築成，山前山後早已在饑饉和災難中變得陰冷寂靜。甭說原先設想過的環境藝術方案早就束之高閣。亂伐樹林、水土流失，原始的環境都被糟蹋得滿目瘡痍，還談何藝術?!

我並非氣他的幼稚無知，而是憑我的直覺，恐怕他的新作引出一場大災難。他可曉得當今的美學觀？鐵青的石頭，刻著個苦歪歪的女人像，還鼓著一對赤裸裸的大奶子，……能叫誰批准！那雙手呢！為什麼在石縫裡掙扎，影射什麼呀?!唔？……應該振開雙臂，擺出一副解放全人類的姿態！懂嗎？即使管理委員會的錢多得沒處花，人家也寧可在山前山後，山上山下，造他個一兩百座光榮榜、標語牌和紅紅綠綠俗不可耐的牌樓和亭子，決不會給你許屏一文錢。誰願意惹一身騷！落一個人性論的惡謚！那是典型的右派藝術。處處鶯歌燕舞的社會主義，哪來這麼個哭喪臉的女妖怪！再糊塗的官僚主義，可以打著瞌睡，讓成千上萬噸水泥在風裡雨裡變質，也不會從手指縫裡漏一丁點兒來支持你這個不明不白的許屏！

這麼多年，連軸轉的政治運動轉悠過來之後，政界、文化界、科學界，甚至賣餛飩的那一界，都懂得，一部電影、一齣戲、一幅畫、一篇千把字的文章，都可能成為折騰億萬生靈的發端。我不為你許屏也得為天下蒼生多長個心眼，反右傾之後，剛過兩年有飯吃的日子，那些靠政治運動發跡的傢伙，手正癢癢呢。你許屏算老幾！偏要伸長了脖子讓人家擰。沒等你開鑿石母峰，你自個兒便被人壓在五指山下了。有誰會同情一個破雕塑家！你牛！你悲天憫人！你為蒼生著想！還能牛過彭大將軍！

他聽我喋喋不休，反而更加來勁。「管理委員會不管，我拿到省裡去，拿到中央去！」

哇！虧他的腦子裡還知道中國有省份，有中央。

我真急了！

他找了條麻袋，要裝進那尊石像。

我狠狠地抓住他的手。

我們吵架，但不敢發出聲響。他天生沒有大嗓門，我是不敢大聲嚷嚷，生怕驚動左鄰右舍。那種牆，一垛葦子兩層泥啊。

我們彼此抓著手，都把指甲掐進了對方的皮肉。兩個人的眼睛都在燃燒。我的心，幾乎被燒得發出了焦糊味，嗓子眼苦得發澀。但即使燒成灰，我也不願意看到他和他的藝術一起套上絞架。

真是神奇！我的力氣居然和他開山劈石的勁道不相上下。一直拚搏到兩人都癱在地上。我生怕磕碎了他的傑作，緊摟著他的「娘」他的「母親」抽泣得滿臉是淚。

他終究被我的淚水泡得軟酥，鬆了手。

但是，躲過了初一，沒有躲過十五。

被稱為「史無前例」的日子開始了。

「文化大革命」初期，我們日子並不難過。

我們常去城裡看熱鬧。其實，這個小島上也夠看的。

紅衛兵和「造反派」，把一船又一船的大人物，押送到了這個「聖赫倫島」。島上，臨時搭起許多蘆席棚。

人們指指戳戳：這是某書記，這是某部長，這位是寫過十本書的作家，那個是演過八部電影的主角。聽名字，都是常見於報端的頭面人物。那時，卻都由著造反派趕鴨子似的趕來趕去。他們排隊買飯，都引得好事之徒目不轉睛地盯著一舉一動。百姓們，尤其是深山裡的老鄉們，大老遠趕來，爬山涉水，就為一睹頭面人物的風采，尤其是當地地方戲的名角兒，在芸芸眾生心目中都是雲端裡的仙界人物，怎麼吃起飯來也狼吞虎嚥？從茅房裡出來也提著褲子？臺上的唱腔念白字正腔圓，而那會兒咳起嗽來，也夾著咕嚕嚕的痰音，好像比別人的痰更濃。

更加大惑不解的是平常莊嚴得像金剛羅漢的大首長們都一下子變得畏畏崽崽。平日裡呼么喝六的口氣都沒了，倒是粗氣不出地聽著牛頭馬面們呼么喝六。要不是因為天熱，露出了疊成幾層的肚皮，真不敢認同他們昨天還是執掌一方官印的「首長」。

副市長同志，我看你有點按耐不住地皺了皺眉頭。是不是我把當官兒的形容得太猥瑣？

……請你原諒，可能我的話刻薄了點，偏執了點……

但是，這都和後面發生的事有著無法躲開或避諱的因果。

為尊者諱，此乃聖賢教導的古訓，是麼……

原諒我的口沒遮攔吧！

那個瘋狂的年代，居然連管教所也成立了「造反隊」。而且分為兩派。哪一派都標榜自己是正宗的左派，娘胎裡就是專門執行無產階級專政的坯子。

那現象就像浙江的一條小街上，面對面的兩家刀剪鋪：一家掛著「正宗張小泉」，另一家掛著「正正宗張小泉」。彼此搖旗吶喊，都把「正宗造反」和「正正宗造反」的口號喊到了吵症的程度。

島上的勞改犯中，有著以極右分子罪名而關押的「犯人」，瞧著那股熱鬧，一個個都瞪大了莫名其妙的眼睛，望著一面比一面大，一面比一面紅，一面比一面光彩奪目的「造反有理」的大旗，只剩下倒抽氣的份兒，埋怨自己趕錯了年頭。十年河東十年河西，自己和政治發生了天大的誤會。但這些人別做翻身夢，哪派的正宗或正正宗，都要在他們身上表現得更加威力無比。這派說踩上一隻腳，那一派肯定要加上另一隻……

我是不是太離題了?!

市長同志，您也算過來人，但是現在掌管著許屏手銬鑰匙的小伙子們，那年頭也許才出世。

您別以為你們來體驗生活的那陣子這山溝裡熱鬧，不！文化大革命時，這個小島才算真正盛世。鐘嫂的餛飩鋪子連天帶夜地生意興隆。

誰也沒有工夫理會許屏和我，這兩個不倫不類的人，成了自由公民。

許屏那時候卻出奇地關心這場「革命」。他有他的一套獨特的見解：「這是一場觸及靈魂的大革命！那一定是中國的文藝復興運動。歐洲的文藝復興，結束了歐洲的中世紀黑暗，你知道它的特徵是什麼？是繪畫，是建築，是雕塑！」他踱著步，兩枚手指彈動得有板有眼：「……是達・芬奇！是拉斐爾，是米開朗基羅……是人性向宗教法庭的挑戰……從那以後，聖人聖女，連同聖母的外套都脫掉了，聖體還俗到了凡身肉胎，藝術平民化了……啊！所以才產生了〈蒙娜麗莎〉！產生了西斯庭的天花板和大壁畫……你說，是嗎？你說呀……」

我冷冷地插了一句：「可是這些藝術大師沒敢脫掉聖母和聖人頭上的光圈。你千萬別忘記中國的緊箍咒……」

「呔！」他瞪了我一眼，唸了一句當時最時髦的政治口號：「自己解放自己！」

那時，島子上來了位年輕顯赫的人物：伍玉華。

別以為只許屏看中石母峰的峭壁。伍玉華也有一番雄圖大略。

當時，他剛剛從省藝術學校出來。原來，他是學地方戲曲的，後來，不知為何又轉學美術。他是市裡文化系統一個造反派頭頭。親自來島上監督那些個被稱為「走資派」和「反動權威」的「牛鬼蛇神」們的「改造」。因為他母親管市裡的人事，哪位官員的根底兒都摸得一清二楚，這點優勢，使他在市裡縱橫捭闔，神氣之極。

伍玉華的宏偉計畫是要在石母峰頂豎一座燈塔，再在峭壁上漆上七個紅字：「大海航行靠舵手」。能說這小子沒有想像力？這一舉動，在當時會使他的頭頂頓時產生一圈神聖的光輝。他將昇華成一顆政治新星，冉冉升起在這個市、這個省，甚至在北京。

管教所的人，立即向他推薦了許屏。

聽到這個消息，那還了得！不等於扒開了他的胸，掏了他的心？他急得團團轉。我給他出了個主意，「你不能硬頂，好歹裝點病，能拖一天算一天。這年頭，早上熱晚上涼的事情多著呢。那些毛頭小伙子，別看今天是灼手可熱的人物，保不準明天就當階下囚呢！……反正，你聽我的話，先到醫生那邊開一張病假條，就說頭暈。這種頭暈，敲開腦瓜子也查不出個所以然，明白麼？總不能叫一個頭暈的病人爬到幾十米高的懸崖峭壁上去吧！……」

他唔了一聲便走了。我以為他聽了我話，也就自顧自地到圖書室整理舊報紙去了。

唉！我太糊塗。我當然該明白：這個憨大決不會到醫務室去裝病的。

傍晚，我回家的山路上，已從鄰居們蹊蹺的神色中覺察到了不妙。

回家一看，滿桌、滿床、滿地都攤著他的泥人、石人和木人，他畫的草圖更飛揚得滿世界都是。

我的呆子正在廚房裡自己煮雞蛋吃，塞滿了一嘴蛋渣渣，眉飛色舞地嘟囔，等他吞下了蛋，我才弄清楚剛才家裡發生了什麼。

「伍玉華來過！是我把他請來的。」他又抹嘴，又擦手，興高采烈。「人家客氣著呢，稱我許老師。……我把我的計畫對他說了。我告訴他，這個決心我已經下了整十年了。怎麼樣……咱們來個文藝復興。你不是什麼主任麼，就只管籌錢，有了錢，就開工，採石場的工人是現成的。……甭造什麼燈塔，還在石頭上漆什麼紅字，太俗氣了！……」他指著滿屋子的他的心血。「……我一件一件都讓他看了，不是吹牛吧，我許屏至少是十易其稿，一次又一次地否定，一次又一次地發現，現在正是藝術靈感最飽滿的時期。咱們絕不能錯過文藝復興！……馬上動手，不是報上說……什麼人間奇蹟都創造出來的時代到了嗎，夥計！……這才對得起文化大革命，也就是中國的文藝復興……」

向我重複那套話時，都唾沫星子四濺，可想而知當伍玉華面是如何忘形呢！

我冷冷地問：「那位伍主任怎麼說？」

「他䜌痛快，一件一件看，一頁一頁地看，雖然對雕塑不太內行，對美術史也不很熟悉……但他答應拿錢。這小伙子笑起來像姑娘……他說自己學過戲，唱旦角……」

我正想抽手一個耳光，讓他醒悟：島上已有人在紛紛傳言，挖出了一個隱藏極深的淫穢反動的藝術家。但是我壓下了怒氣，我舉不起手，卻噙住淚，狠狠抱緊了他。

我聞到他嘴有殘餘的酒味，想必和伍玉華一起喝的。

他是從來不會獨酌獨飲的……

天哪，我緊貼著他的軀體時，感覺到他的興奮和激動。他從來沒有如此激動過，眼裡射出雄性勃勃的火花，急不可耐地扯開我的衣襟，解開我的鈕扣，像個老色鬼，來不及上床便把我撲到地上，墊著滿地的紙片……

他身上的肌肉不再像岩石，充滿了彈性。

原來他是那麼地有韻律，有節奏。

我和他，像亞當夏娃在狹小的伊甸園裡滾著，啃著，親著。我滿足了他一切。……

我知道，我的亞當已經偷食了禁果，受了蛇的引誘。這是他像一個人似地第一次恣意縱情，也許，也是最後一次了。

果然，那天夜裡，沒有等我收拾好屋子，管教所的兩派造反隊，拿著木槓子，前腳後腳地衝了進來，爭先恐後，把泥塑的我、木雕的我、石刻的我，先從頭到腳撫摸個夠，然後統統砸得稀巴爛，唯恐誰落後一步，便不是真真正正的了……

只剩下了一個活的我和一個幾乎死去的他。

他橫遮豎攔，赤手空拳地對付著亂棒，嘴裡喊著：「要告到伍主任那裡去……」

一個什麼小頭頭哼了一聲：「你現在馬上去那座石壁上去油漆革命標語，還能將功贖罪……」

他大叫一聲，聲音之淒厲，像山裡的野獸踩上了獵人的機關。

我聽到一聲咔嚓，不知亂棒中的哪一根打中了他的肩胛，頓時血汪紅了他的汗衫。那木頭棒端帶釘子。

這是否就叫做狼牙棒?!

我彷彿現在還聽到那聲咔嚓……

我嗓子噎住了，想大哭一場，不！咬緊牙也不能哭，還不知道這位丁南北會作何想法呢？

E　副市長丁南北

我確實感到疲勞。

下午開了兩個半會。另外半個會，借故溜了號。溜號後的個把小時，去了趟法院，找了個熟悉的書記員，借出許屏案件的判決書和最後的庭審筆錄，瀏覽了一遍。

看過之後，真想罵他幾聲：大傻瓜！

七七年，那時的法律算不上法律，鑽條文的空子、漏洞很多。說白了，誰的人情關係大，誰就主宰法律……

許屏自然沒有任何人情關係。

朱競芳，照她那性格，也不會有夠得上說話的關係。

真是令我納悶，從那幾頁庭審紀錄來看，法官，甚至包括公訴人的檢察官都對許屏暗送秋波，口氣分明為被告開脫，力圖把蓄意殺害變為過失傷人，問話時，遞給許屏許多次下一個臺階的機會。從判刑上，這個臺階差別就太大了……

如果許屏稍微有點腦筋，挺多判個五年。這會兒也用不著我費什麼周折。他可以理直氣壯地攤開自己的方案，和德國佬去談他的宏大理想，當然得換套像樣的衣服，不能讓他的兩枚手指從口袋的窟窿裡亂彈琴……

唉！我為他這副傻氣遺憾之極！也恨得咬牙切齒！

這傢伙一口咬定，自己是決心想砍殺原告人的。

作案工具是一把斧頭，鑿石像的斧頭。從案卷的照片上看，很鈍的一把發鏽的斧頭。

我發現了一個極大的蹊蹺！再粗陋的法律程序也不該有的蹊蹺：竟然那次庭審——應該說是最終的庭審——沒有原告出席。

伍玉華傷到了不能出庭的程度？

決無這種可能，現在留下的傷疤，證明當事人決不致於躺在醫院裡，渾身裹著石膏，只留兩個鼻孔吸氧氣。

而且即使伍玉華缺席，也有他的娘伍素碧呀！在這個市的政法界，這位老太太一言九鼎。

很明顯，一定是在某個空檔裡，一位很有權勢的人物，想迅雷不及掩耳地結束這樁官司。

我想起了李燃。八成是他，在市裡，也只有他夠這個資格……

在一團亂麻的思緒中，我不知不覺地來到了西區建設工地。

工地的洪總工程師是我難得的知己。冷眼向洋看世界，他雖不從政，卻往往比陷在政界的我，更加能把某些現象看得透徹。

洪總原先學歷史，由於忽然間悟到歷史之可怕，一夜間下了決心，改行！用他話說：「什麼叫歷史？前人埋進去，後人挖出來，便是歷史。挖前人的隱秘，十個有十個倒楣！」於是他便轉為挖土方石方，學了土木工程。

我被推上太守的交椅，這個老兄疏遠了我一陣子，後來看我沒有在他面前埋藏什麼隱秘，便自告奮勇，要當我的首席顧問，這位顧問送我的第一句箴言是「高處不勝寒」，還寫了個條幅，一手很地道金農字體。挺有點「橫看成嶺側成峰」的氣韻。

洪總一面為我沖咖啡，一面聽我嘆苦經。

講起了許屏……

他不假思索，脫口而出：「你的這位老同學，要麼是個潑皮牛二，要麼是個豹子頭林沖。」

我說：「怎麼會是潑皮？」

「那就把他怎麼『誤入白虎堂』的經過說來聽聽。」

天曉得，朱競芳不厭其煩地絮叨她和許屏的愛呀，恨呀，奉獻呀，犧牲呀……卻到現在還沒講到許屏殺伍玉華的緣由。

還有李燃……

一提起李燃，洪總岔開了話題，反問我：「老兄，你和伍老太太有什麼過不去的關節……」

我頗為納悶，搖搖頭。「中午她還笑容可掬地稱讚我和德國商人的談判很成功哩……不過，要注意點分寸。」

洪總道：「中午？」

「是啊！我剛剛宴罷德國佬。」

「那麼說，她轉過屁股便到我們這兒來了。」

「是嗎？……」

「一來，便把建設局的幾個頭兒都召了來，發了通脾氣，說她人沒走，茶就涼了。還說，和德國商人談判的前前後後，都要向她匯報。不能把石母湖當殖民地賣了。還說，派到德國去考察和第二輪談判的成員名單，她要親自審閱。」

我發懵，翻手為雲覆手為雨，真能這麼快！

洪總叼著他自製的煙斗，吐出一種帶點酒味煙霧。踱了一圈。「老兄，這不叫翻手為雲覆手為雨，應該叫做東邊日出西邊雨。」

我認真地聽著顧問的分析。腦子裡嗡嗡響。

「還不明白，對你，現在還是日出。」

「雨是朝李燃下的？」

「OK！這場雨，醞釀了很久。就說你看過的審判筆錄，沒有原告出席，分明是上頭有人囑咐：早審早了。我記得，七七年，伍素碧到北京黨校學習去了，娘老子一走，伍玉華就算不上什麼角色，何況當時的民心，對造反派頭頭恨得要命……你分析上頭的人是李燃，有點根據。」

「可是我之插手許屏案件的調查，伍素碧不會不清楚源於李燃的指示。」

「那指示是很巧妙地讓你接手的，不是麼，借著到石母湖去遊山逛水，有意無意勾起你的回憶和同情，還有閣下在宦海浮沉不久，尚有股正義之氣。」

我苦笑了一下：「我有自知之明，正想學做兩面光呢。」

「所以伍素碧也在打磨你呀！」

我詢問地目光望著洪總，希望他給一個答案。

沒有答案。自然誰也不會給個明確答案。

洪總的目光在煙氣裡忽忽閃閃，那意思是：「就看你丁南北自己怎麼打磨囉！」

告別洪總，我直奔李燃的家。

鐵將軍把門。警衛說，首長到北京去參加一位老戰友的追悼會去了。推算日子，遊過石母湖，介紹了朱競芳，他便走了。

怪不得，伍素碧過問起原不屬於她管轄的市政建設來了。這空檔，她有權過問一切！

她也回應了一個時間差。

我如果現在住手，停止對許屏案件的調查，也正是時機。我不是正在「東邊日出」嗎？

我非常非常地埋怨李燃，把這麼沉重的挑子撂給我，自己卻走得遠遠的。

朱競芳，你也賣什麼關子，究竟許屏殺人的動機是什麼，至今也沒聽出個合情合理的原委。

今晚，如果再扯得沒邊沒際，我只好打退堂鼓。

「對不起，讓你等了一個小時。」

「既然副市長把這個晚上又都交給了我，我就得充分利用。」

「那……長話短說吧！」

「恐怕做不到。您不是真想解決許屏的問題?這麼執著的一個藝術家,又是您的老同學,不去探索他的靈魂,能判斷是非?我實話告訴您,許屏確實動了斧頭,真動了殺心,一向悲天憫人的菩薩,居然動了殺心,我不把他的靈魂絲絲縷縷地理出來,行嘛!該省略的當然省略,比如他想殺的那個對方,我知道你已經曉得名字和身分了。你們今天中午不是在水榭的曲廊上交談過了麼?他還亮出了胳膊上的傷疤。對嗎?你別這樣看著我,我無權派便衣偵探,但老百姓自有老百姓的耳目。」

哦!我竟在上下左右的各種無形的眼包圍之中。

「他挨了一頓亂棍……」

「不!是狼牙棒。」

「對對……狼牙棒打成了骨折,後來又怎麼了。」

「他的肩胛和胸部,都血肉模糊了,送他去醫院的船上,他幾次都要朝江裡跳,我硬拽住他,拽得他斷了的骨頭咯咯巴巴地響。我在他耳邊輕聲說:『你最得意的那座石雕,沒有被砸掉,我藏了起來,決不騙你,藏在一個非常秘密的地方……』,不知是聽了我這段話還是痛得昏迷過去,好歹把他弄到了醫院。多處骨折,他渾身打上了石膏。蒼天就這樣報應了他。

他自己變成了石人。等他從石膏殼中蛻出來，成了真正的勞改犯。穿上了黃色的號衣。三百十九號。」

我陪著朱競芳喝了幾杯濃茶，消失了倦意。我聽得身上冒出絲絲涼意。

唔，原來外面陡地起了風，窗戶吹得咯咯響。

「老丁！」朱競芳忽然改用了更加熟稔的口氣：「我現在忽然變得迷信，我這個許屏，怪人！莫非上應星宿，我每每念到動情處，總碰到風雲突變，瞧，馬上就得落雨了……天邊已經打閃！……」

我被她那種神秘兮兮的眼神瞪得有點發忤。

可不！已經電閃雷鳴，跟著下起了雨，雨點子大得嚇人，頃刻，窗前掛起了瀑布。雨潑進屋裡，我不得不去關窗。

怪，撩起很沉的窗簾，發現一根電線。電線一端從窗縫延伸至外面的不知何處，而屋裡的一端，吊著個微形話筒。的確是話筒。鋼絲網的圓形的頭，像個仙人球。它就藏在一盆仙人球的後面。

我氣憤之極，但不能顯示在臉上。

我看過幾本描寫現代間諜活動的小冊子，總以為是遙遠的故事，而這會兒，就出現在眼皮子下面。

太卑鄙！也太拙劣！甚至太土氣。十足的土頭土腦，比較起現代諜戰中使用的竊聽手段，簡直土得掉渣，讓人笑掉大牙。

嘻！我能笑麼?!

儘管土氣，畢竟有人在這個城市裡使用了「科學」。用它來對付一個副市長。倉促上陣也罷，土法上馬也罷，這是對我的尊嚴的極大侮辱。

我差一點想順藤摸瓜，當場逮住那隻黑手。

我也差點抓起話筒大喝一聲：「混蛋！有種便光明正大地站出來！……」

但我都沒有那樣去做，只覺得手發麻，是氣昏了發麻抑或是害怕得發麻？

幸虧風聲雨聲夾著電閃雷鳴，掩飾了我激動的喘氣。我緩過勁，裝得平靜，默默拉好窗簾。窗簾環扣滾動的聲響也會錄進竊聽者的耳朵的，讓賊提心吊膽地琢磨，自己是否已被發覺，未始不是一種樂趣。

我決不能讓坐在沙發上的那位女士覺察。

「現在請你談談許屏行凶的經過吧！」我再也沒有耐心聽她扯東扯西了。

我的聲音有點官腔官調，朱競芳是極敏感的，也沉下了臉。「副市長同志，你聽說過紙銬嗎？」

「什麼?!」

「紙稿。」

我搖搖頭。

「紙銬。紙做的手銬。」她再強調了一次。

我想了想，肯定地再搖頭。

「那您很幸運！『文化大革命』中你沒有挨過這種刑罰？」她認真到了似乎非要我宣誓，確確實實沒有戴過、也沒有看過、聽說過之後再講下去。「……否則，您決沒有勇氣來過問這件案子。」

我確實茫然。

「發明這種刑具的人，如果在歐洲中世紀，羅馬教皇應該封他個紅衣大主教。我不知它的發明權屬於誰，但在這裡，是伍玉華的傑作。太簡單了！也太聰明了！隨便揀一張紙，挖兩個洞……而且是他命令下的那些個人，自己揀來紙，自己挖的窟窿，然後自己把手伸進去。就這麼簡單，你明白了麼？」她做了個手勢。

我似乎明白，又不怎麼明白。

「多麼聰明！大天才呀：看起來像孩子們玩官兵捉強盜。誰都會想，那玩藝兒一掙就斷，算狗屁！可是，當時戴紙銬的都非平常人物，都有挺顯赫的頭銜，市長、部長、主任、秘書長，再不就是什麼學術權威，那年頭沒有電視，放在今天，都是三天兩頭上鏡頭的人物。而在當時，也是報紙上常見的專門指示別人的人物。」

我不由自主地望著茶几上的報紙。

「……對，拿張報紙便行。等等，在當年，報紙也不能隨便拿，弄不好，挖的洞正好挖在偉大領袖的像上，或偉大領袖說的『語錄』上，扯出的罪名更大。」

我幾乎變成了聽課的學生，或是聽故事的兒童，張著嘴，差點問：「這該怎麼辦呀……」

「所以，揀一張紙也不容易。小小的雜貨鋪，成摞成摞的光連紙、新聞紙，有顏色或者無顏色的，都賣空了。當權派們墊著做枕頭，準備『長期抗戰』！……不！分明污蔑『抗戰』二字了。他們是永遠忠於……忠於什麼?!每天早晚，一聲哨子響，竹棚裡的大人物忙不迭地跑到那面山坡上，就是許屏和我常常蹲著看石母峰的山坡。他們整整齊齊地排好隊，伍玉華便扭著腰不慌不忙地巡視一邊，然後說：『拿張紙！』立即，悉悉索索的一片細碎響聲，各人都把準備好的紙拿在手上。伍玉華又說一聲：『挖兩個洞！』大家又悉悉索索地把手伸進自己挖的紙洞。伍司令，伍主任，只要這麼兩聲，而且嗓門並不大，就逕自回去了。留下來的一隊『走資派』和『反動權威』便老老實實地伸直了手，哪敢輕易動彈，碰上風吹雨淋，弄斷了紙銬，一個個都急成了哭相，覺得犯了大大的不忠；而不少人，是真誠地從心底泛上來的懺悔。」

我聽明白了。因為明白，渾身發冷，一股寒氣從骨頭縫裡竄上來。暗暗打顫，面部的肌肉也僵了，僵得毫無表情。

她越說越激動。從語氣上，她儼然居高臨下。

「您是真糊塗還是假糊塗！……假如那個時候，你已經是副市長——當然也逃不過『走資派』的命運——有人對你吆喝：拿張紙來……挖兩個洞……把手伸進去！……唔！也許您也會同樣老老實實，冥思苦想地搜索自己犯了哪幾樁不恕之罪，裝著愁眉苦臉，其實自己都不明白犯了什麼罪！……何況當時把大人物拉到山崖，隔著湖，望著陡峭的、被潑了紅漆的石母峰，自有一股宗教儀式般的莊嚴。許屏真傻，他以為自己的血能保護石母的聖潔？呸！為了漆那幾個字，周麻子從崖上摔下來，死了。」我閉著眼，雖未身歷其境，卻已被她的描述，一步一步引進了那時的情景。

「……你也許會自我安慰，這只是一種象徵性的刑罰，比貨真價實的腳鐐手銬好多了。不！不！象徵什麼！象徵愚昧？不對，被一張紙兩個洞銬得汗流夾背的人當中，不乏博古通今的大文人；象徵權力？也不對，被鑄住的人當中，隨便找一個，都掌管著一個部甚至幾個部門的大權……在他們當中，還有曾經南征北戰、叱咤風雲的英雄好漢，在日本鬼子的飛機大炮前都沒有眨過眼，而那時，居然聽一個乳臭未乾的小子念幾段『最高指示』，便像被人用符咒使了定身法，直挺挺地舉著雙手，舉得發抖發痳，舉得牙關打顫，舉得腦門子炸裂……生怕手上的那張紙掙斷了。那情景，和中世紀的教徒，生怕撕毀好不容易弄來的贖罪券，有什麼不同！你說呀，有什麼不同……」

我想像出了那種舉著手，面對一張紙，一團空氣的滋味了，渾身酸痛，靈魂被她的話撕成了兩半。一半在鼓勵自己振作精神，伸張正義。另一半在抱住自己的腿，不能再朝前邁了。分明是一個陷進去要命的沼澤。

那塊盤古開天闢地時留下的峭壁，真是通靈寶玉，如果曹雪芹再世，會再寫一本「石頭記」嗎？在許屏眼裡，它是仁慈的象徵，他花了十幾年心血，想賦與那座山峰母性的生命，母性的愛，母性的胸懷……而在伍玉華的眼裡，它變成了原始宗教的圖騰，神聖而陰森。

我害怕起那個藏在窗簾後面的小玩意兒了。它比我的耳朵更加靈敏地記錄著這屋裡的每一句話，每一個聲音。如果再有一次什麼「大革命」，那盤錄音帶會端出來示眾，朱競芳啊朱競芳，你講的話太出格了！而我，一個堂堂共產黨員的副市長，居然容忍這個女人肆無忌憚地揭開雖屬過去，而至今尚未觸及的陰暗，我以後的命運便可想而知了。

「……但這副紙銬也確實是象徵。」朱競芳的話已像開了閘的溢洪道，再也堵不住。「它，象徵著兩千多年的封建幽靈，至今還大搖大擺在你我面前晃蕩。伍玉華，他是難得的天才。他不學無術卻無師自通，深深懂得劃地為牢的哲學奧秘。他不必用棍子、用刀子、用時髦的『紅衛兵式皮帶』。他鞭笞了你的心靈，還叫人多少年後都不敢揭開自己的傷疤。你到市裡工作也好多年了，有沒有聽過哪位書記或哪位委員、哪位部長、局長，像揭露其他迫害那樣提到過紙銬？但是，絕大多數人都已經明白過來。唯其明白，也就越想隱藏。立了貞節牌坊的節婦遭到強姦，比大姑娘更羞於張口。伍玉華是塊天生的政治坯子，他深諳此種心理，所以敢毫不含糊地要挾市委委員中的老昏庸，讓他們提名，和您丁南北競選你現在的位置。恕我直言，您的政治才能比起伍公子，差遠了。」

我身上有了絲暖意，這話，是我今晚聽得最舒服的話了。謝謝她的恭維。

我問道：「許屏，他帶過紙銬？」

「輪不到他這樣的小角色。對付小角色，可以直接拳打腳踢，罰做苦力，或乾脆一副純鋼的腳鐐手銬。中世紀，教皇發行贖罪券，窮苦百姓哪裡買得起！紙銬，是用來對付頭面人物的。頭面人物最怕掉頭面。伍玉華是一個不錯的心理學家。……副市長同志，許多事情的邏輯，很難用正常人的思維去解說。事後，不是伍玉華怕人家揭了他的底，倒是被侮辱過的人怕把紙鎊這段事重新端出來。犯罪犯到這個份上，才算高手。」她又沖了杯釅茶，「我現在扼要地把許屏行凶的經過講一下。……啊，天都快亮了，您能耐下性子聽我那老不著邊際的感嘆和議論，我真的很感激。」

我苦笑了一下。「講感激，未免過早。」

想起窗簾後面的小玩意兒，我得斟字酌句。

她是聰明的，會意地一笑。

「就因為天天看見一群人，像宗教儀式般地戴紙鎊，那一張張人臉的表情，哪能逃過一個藝術家的觀察。許屏的信條動搖了。支撐著他全部理想的信念一旦失去，他的目光變得陰沉，周圍一切都疑雲密布。『文革』後期，造反派也先後偃旗息鼓。戴這紙鎊的頭面人物也先後重新有了頭面。他——這個沒任何法律根據的犯人，又不了了之地回到原來住的那幢樓。又一次的人去樓空，只剩下我和他。可是樓道裡、花廳裡、任何一間房裡，都留下無數張剜了兩個窟窿的紙，一刮風，這些紙片便滿世界地飛舞，像清明節墳上燒的紙錢。」

「他的行動變得呆滯，眼神散了光，終日不發一言。」

「他時不時地在地上撿幾張或者在空中抓幾張，都是紙鎊。呆呆地看，癡癡地想，活像看一本天書，或是一張張符咒。我在一旁，眼見他的太陽穴鼓出發脹發青的血管，像有兩條小蛇在他頭顱裡遊動。臉上的肌肉抽搐得幾乎發出聲音。我害怕了，以為他得了精神病，事實上他確已到了發瘋的邊緣。跑出了小樓，他便像沒日沒夜蹲在崖上的一頭熊，望著湖那邊，石母峰依舊是石母峰，塗在她身上的紅漆早已被歲月沖刷光了。但畢竟她受過了褻瀆，殘陽如血，石母也淋得一頭一臉。原來最光輝的時刻，那時在許屏的眼裡變得可怖。他喘出的粗氣，彷彿是一頭熊的咕嚕……」

「我執意要離開這個倒楣的島，他卻無動於衷。身體和靈魂都焊在島上了。」

我問她：「許屏還擺弄雕塑麼？」

她搖搖頭：「我特意把斧子、鑿子、塑刀和轉檯都找備齊了，希望引起他的衝動。他看也不看，還是蹲在崖上，不知想什麼，喉嚨裡發出咕咕嚕嚕，越來越沉重。甚至連山谷都引起回響。惹得老遠的深山老林裡，狼嗥豹吼，小動物嚇得到處亂竄！他幾乎成了野獸。本來，就這樣拖下去，順乎自然，自生自滅也拉倒了，偏偏那個魔鬼又到島上來。……」

「伍玉華？」

「還會是誰？」

「什麼時候？」

「七七年春上，該死的『文化大革命』結束不久，這片土地剛恢復了一點人氣……島上的杜鵑開得特別紅。」

「那個時候，他來幹嘛？」

「我的太守大人，難不成你和許屏一樣都從外星球來的？……不過，你不像。伍玉華，他一個人來，穿一套當時很流行的衣服，是人民裝的改型，又不敢完全學西裝，風紀扣改成了小翻領，四只口袋改為三只，背後開了個小氣叉，領子裡露出一截不倫不類的領帶，很標準的當年政治氣候的寫照。中國想打開一點緊鎖的發鏽的門鎖了。」

我不禁笑了下。「你的形容很小說化。」

「不是小說，是小說的背景，這個背景使伍玉華心裡發虛，畢竟有不少人提出，要審查他。他想找軟心腸的許老師了……」

「許老師？」

「是啊！他走進這個樓，看見了我們，恭恭敬敬地鞠了半個躬：『許老師……』還望望我，大概忘了我名姓。」

「……」

「許屏沒有動，喉嚨咕咕嚕嚕的聲音居然停頓了片刻，伍玉華像老朋友似地握著許屏僵冷的手，『許老師，你手這麼涼，可要保重啊！我一貫信奉您的格言，仁慈的力量是無邊無際的……』」

「許屏瞪著他的眼。那種樣子我很熟悉，是發現了一個他尋覓多久的描寫對象，或者說，也是一種模特兒。他站起來，走進了裡屋。喉嚨裡咕咕嚕嚕的聲音又響起來，是種亢奮狀態的前奏。」

「我納悶之極，難道這個小白臉又把他哄了！趁他進屋，我便衝著伍玉華冷笑：『你這位大司令真夠仁慈的……』」

「伍玉華眉毛一挑：『我還不夠仁慈？』他隨手拿起一張紙，撕了兩個洞，在我眼底下晃了晃。『瞧！市裡面大大小小的首長，不都是我伍玉華保護下來的……朱……您是朱競芳老師吧，請您和許老師給我寫個證明。證明我在這個島上，冒著風險保護了一大批老幹部。我父母親也是老幹部。我沒顧上他們，卻守在這個荒島，披星戴月，想方設法保護下了這筆最寶貴的革命財富……二位老師，我決不會辜負你們……』，我聽著、望著，這小子長得真秀氣，天生一個做花旦的坯子，口齒清楚，字正腔圓，剛才那段念白，抑揚頓挫，十分動聽……人這個稱號裡，怎麼冒出這麼一個怪胎！一陣血衝上腦門，我產生了一股遏止不住的衝動，應該拽住他的領帶，扇他一百個耳摑子，左右開弓，打到自己的手腫了為止，讓他的那張奶油臉，腫成一塊發臭的豬肝，一腳把他踢下島去，讓他自個兒去回答，這臉是怎麼被打腫的……我相信自己的手經過十年改造，有足夠的力量……」

「我的思想急劇跳躍，就差那麼幾秒便扇他耳光了。哪知許屏就在這幾秒鐘之間衝出來，手裡握了把長柄的斧頭……」朱競芳的聲音哽咽了……

外面的風雨已經停止。

屋裡出奇地沉寂。我已顧不上窗簾後面的圓球。

她很快克制住抽噎，深深嘆了口氣。「我真後悔啊！如果我早點動手，只要早那麼幾秒，現在關在牢裡的便是朱競芳，而不是許屏了……偏偏我晚了那麼幾秒……」

「許屏咕嚕了幾個月，終於像野獸那樣咆哮了，隨著咆哮，斧頭擲在伍玉華前面的案子上。」

「伍玉華拔腿就跑。我那時已經清醒，抱住了許屏，他那股野勁，我哪裡抱得住，他猛地一推，我跌出去幾步，正好捏住斧頭柄，死活也不能讓他奪去，我畢竟明白，殺人要償命的，用許屏命去償伍玉華的命，值得嗎？」

「我們倆爭奪那把斧子，結果是他奪走斧頭，我只捏著一根斧把子。伍玉華早已跑進樹叢，許屏追出去，就憑那個沒有柄的斧頭，能有多少力量！何況還隔著雜亂的樹條。」

「這便是許屏殺人的全部過程。醫生也證明，伍玉華只是軟組織受傷，而且，在灌木叢裡，兩個人滾作一團，斧頭已拋到溝裡去了。老實講，那時島上只有我們三個人，伍玉華是自己划了條舢板來的，真想殺死他，他是躲不掉的，但畢竟我們兩個不是殺人的坯子。看著伍玉華跳上舢板船，雙臂自如地划開了槳，能是致命的麼！檢察院叫我寫事情經過，我兩頁便把證詞寫得一清二楚了。但我總想寫一本厚厚的書，證明這個所謂的殺人犯，有著一副多麼難得的菩薩心腸。他最後打量伍玉華的眼神，也像是達・芬奇發現了足以做猶大的模特兒，據美術史上講，這個猶大的模特兒，原先也是基督的藍本。……」

「謝謝你！你這本書的草稿我已是先睹為快。」我望著她喝乾了茶汁，正在嚼茶葉。

她舔了下乾枯的嘴唇，我也懶得叫勤務員送水。

她站起來，顯然是告辭了。

扭開門，站在門口，她說：「以後的結果你可想而知。逮捕，審訊，判刑，判了十五年徒刑，又被發配到這座冥冥之中和他結上不解緣的島上。這次是真正下了判決書的勞改。所以我沒有資格陪伴他。只好等待。等待公正二字真正降臨到許屏頭上。」

「在我之前，你對市裡別的領導說過麼？」

「從來沒那麼詳細，人家壓根兒也沒打算聽詳細，我也何必白費口舌。」

我掩上了門，在門外說道：「李燃挺關心許屏的呀！」

「李燃，算是個忠厚長者，但是……」她苦笑得比哭還淒楚：「但是他也帶過紙—銬！」

「你覺得許屏的問題如何解決是好？」

她一甩長髮，冷笑道：「市長大人！是我這個罪人之妻在向您討教！這樣一位天才，當今國家用人之際，你捨得扔掉嗎！」

她蹬蹬蹬地快步下樓，都沒有把手伸給我。

我追下樓，攔在她前面，說道：「我現在只好這樣向你說，先設法把許屏保釋出來，借調到一個工程上去。」

「什麼工程？」

「不敢打包票，但這個工程正是許屏夢寐以求的。」

朱競芳的眼睛閃出淚光，臉也剎時亮了，雖然已經是枯萎的花瓣，添上點濕潤，還透出一絲殘紅。

等她跨出大門，我又感到不安，這個願能不能兌現呀？我有沒有這個能耐呀……副市長！

想起窗簾後面還藏著那玩意兒，我急忙回到辦公室。

打開抽屜，找出一把瑞士軍用刀，我有一種惡作劇的開心，那玩意兒是一個圓球，連帶把子，活活一具男性圖騰。我要摘掉那圓球，就像摘掉一枚睪丸，讓唱花旦的男人不尷不尬……

等我撩開窗簾，大吃一驚！

窗臺上什麼都沒有了。

真是幹得利索，就這麼三分鐘時間。

偷聲音的賊不會離這兒多遠。下過雨的地上，總能找到腳印和電線拖過的痕跡。我想親自追下去查個明白，又想立即拿起電話，通知保衛處。磨蹭了半晌，什麼也沒有做。

我後悔，早該在一發現時便採取措施。

晚了！自以為挺老練，抓個把小家子氣竊聽者，還不容易嗎！抓到了，豈不是足以振聾發聵，但卻空空如也。

我又氣又惱，像嚼了一嘴蒼蠅。

看看錶，還有兩小時廣播體操的音樂就響了。副市長又將開始一天的案牘之勞形。預製構件廠的擴建；水泥倉庫的翻修；西城果子巷的拆遷；科技情報大樓等著電梯運到；一座合資經營的飯店催著設計方案……。我居然摒棄了三個晚上的光陰，陪同一位女士，聽著她像一條河似地，淌出二十年的苦水，攪得我思潮起伏，恨不能有包青天的尚方寶劍和膽略，一拍驚堂木：「呔！許屏的案件一筆勾銷！」

冷靜下來之後，手腳有點發顫。

這一場官司，盤根錯節，我陪得起時間麼！

我，一個剛上任的副市長，雖然已經四十又五，可是坐在會議室裡環顧四周，幾乎都是白髮蒼蒼的老者。無論事業和身分，必須雙重的謙恭才敢躋身一隅。新舊交替的時節，年輕化豈是那麼好化的！眼下，上層尚未調整，中層人心惶惶。事業上的人事更迭和莊稼的青黃不接都是性命交關的事。我本來就常常自省，怎麼在市一級領導班子剛剛調整之際，偏挑了我這平庸之輩來做試驗品！

幸好，我如履薄冰地幹了大半年，上下左右都還稱我隨和。好聽點，叫做平易近人，任勞任怨。可是還未到開我追悼會的時候，我的隨和能隨進骨灰盒子？隨和到別人在我眼皮下掛了竊聽話筒也一笑了之！

這會兒，頭腦裡堆起了一個超現代的雕塑：發鏽的鋼筋，閃亮鋁片，電梯的指示燈，和一張張撕了兩個窟窿的紙。

我被這一堆風馬牛不相及偏偏又擰在一起的東西撐得腦袋要爆裂了。

我得從炸裂的頭顱骨裡取出這副紙銬。它幾乎成了瘤，長在我的天靈蓋下。不取出來的話，我至少今天……明天……誰知道什麼時候，一事無成！

倒楣的石母湖之遊，遊得我像失去了雙槳的小船，沒著沒落，在漩渦裡打轉。

我盲無目的地下了樓，在市府大院的林蔭道上站了半晌，任憑樹梢的積雨一滴滴地滴在腦袋上。啊！好清涼的水珠！這一小徑，哪算得上景致？此時此地，竟然如此的美。空氣濕潤，薄霧依稀。我恨不能鑽進霧裡，隱身仙鄉，去他娘的人間糾葛！

不知不覺地，轉悠到了車庫。

值班調度很禮貌地招呼：「丁副市長，你真早呀，要車？」

我木訥地點了點頭。

「上哪兒？」

「石母湖！」脫口而出。

汽車駛上郊區公路。司機轉過臉問道：

「您這麼早就到水庫去？」

漫不經心嗯了聲，何必也解釋，又如何解釋。

「你們都辛苦喔！」司機並非恭維。

「辛苦你了！」我禮貌地應了一聲。猛一怔，他講的是「你們」——換句話說，在我之前，還有別人也要過車。

我問道：「那麼早還有別人要了車？」

「伍處長……」司機似乎有點為難。「照級別，伍處長不夠要車的。可他要的是他娘的車。」

唔！

「咱們也難哪！丁副市長，伍處長他娘一再囑咐過，決不准自己兒子借她名義要車……可有什麼辦法？總是伍書記的親兒子嘛。好在天剛麻麻亮，我們也眼開眼閉，這年頭，何必得罪人……您說呢，丁副市長？在您面前發句把牢騷不礙事，大家都說您隨和，沒架子！……」

「也不見得……」我心裡想，此刻，正想追上伍玉華那小子，在他面前好好端個架子。

「把你的錄音帶交出來，老實點！你觸犯了刑法！我要送你到公安局去！我要起訴你，起訴！……」

但能追得上麼？

我是否真是傻得可以！幾盒磁帶，隨便哪裡一塞不就完了。即使他拎一只四個喇叭的大錄音機，大搖大擺地站在面前，我又能如何！他笑容可掬、文質彬彬地反問我一句：「丁副市長，你有興趣？想聽聽麼？……」我又能如何！

我只有嘆氣的份。

「現在路上車不多，開快一點！」我催促司機。

「已經八十公里！我可是要對首長負責呀。」

噢！我現在是首長了。這個原先通行於部隊的稱謂，也流行到地方上來了，都是當過兵，後來調到地方上來的司機們帶過來的。反正喊的人是習慣，聽的人是舒服。流行得很順暢。何況，部隊和地方很久以來難分難解，穿軍裝和穿人民裝的都動不動：「老子打的天下，怎麼啦……」

我可沒有資格說這個話。

李燃有資格。

伍素碧也有資格。如果她翻過臉，指著我鼻子喝一聲：「老娘打天下的時候，你還穿開襠褲呢！」

我敢說聲不麼！

不過，這位老太太一貫對我慈眉笑顏……

我卻在等著她罵我：「……穿開襠褲……」

這心情，和那個有名的相聲段子像極了：一個住在樓上的房客，深夜歸來，必定嗵嗵兩響，是他扔掉皮鞋的聲音。樓下的房東非得那兩響過了之後才入眠，於是招呼房客：「你再這麼嗵嗵兩下，我不得不要你搬家了。」房客連聲允諾：「行，我再也不會了……」第二夜，房客又深夜歸來，嗵地一響，脫掉第一隻皮鞋之後想起房東的話，趕緊悄無聲息地脫下第二隻皮鞋。哪知道，害得房東老頭整夜未眠。……他，在等第二聲「嗵」……

我現在算房東還是房客？

如果算房客，脫掉第一隻皮鞋，嗵的一聲之後，住手已經白搭……

如果算房東，等著第二聲嗵，也是活受罪。

石母峰已在曉霧繚繞中露出了金紅的峰頂。

真是迷人！

迷得人忘掉了罪惡！

迷得人幾乎想犯罪！

F鐘嫂

這幾天，島上的山神土地修了什麼德，招來那麼多香火。

這個島子，青山綠水，我看了二十年也沒有看厭，怎麼便一直成為倒楣的地方呢！勞改隊，外邊人聽了就會噁心。

現在，勞改隊轉移了，風水也該輪流轉了吧！

昨天，旅遊局的幾個時髦男女，陪來了兩個外國人。德國的。在江浙一帶的老早說法，便是嘎門人。

他們一口氣跑上山頂，哦里哇啦又說又笑，對著石母峰，橫拍豎拍，拍了好幾筒膠卷。

我問翻譯官，他帶理不理，白喝了幾碗上等野茶，也沒有回答個究竟。瞧這光景，其實我也明白了七八分。別看我是鄉下人，見過點世面哩。五〇年代修水庫，羅宋大鼻子還吃過我餛飩。

包準又要興啥工程了。

今天一大早，許屏的老同學，當上副市長的丁南北又來了。青衣小帽，不帶跟班，算微服私訪吧。

我問：「阿是想動石母峰腦筋。」

他沒有瞞我，點點頭。

「這樣說來，老許還真有眼光。」

「鐘嫂，你在島子上日子長，知道不知道紙銬這件事。」原來，太守大人微服私訪，是調查這件事的。我當然曉得。

我說：「前後都一清二楚，老許不就為了看得一口氣堵在胸裡，做出了那樁不該做的荒唐事……」

「荒唐?!」太守大人的眼光看到我心裡。

那索性把我看到的都說了吧……

那年代的陣勢，看得我又好氣又好笑，又說不出的心裡酸溜溜。乖乖地伸出手，鑽進自己挖的紙做的手銬，算什麼名堂！我起初和別的看熱鬧的人一樣，都捂嘴笑，像看戲。在我們家鄉，戲臺上滴溜溜地轉著總共八個龍套，據說便算八萬人馬。鑼鼓點子裡，八個龍套裝模作樣地勒著馬嚼子，揮著馬鞭，其實都是戲！但那些帶紙銬的人物，都不是龍套。貨真價實的父母官。照老年人的說法，前清時代，都是頂戴花翎，進出坐綠呢大轎，前頭有人鳴鑼開道，後頭有人舉著「萬民傘」的老爺們。知縣官，也封個七品呢，太守便算四品了……

這些老爺演起戲來，比舞臺的龍套還認真！龍套都嬉皮笑臉，而老爺們一個賽一個地苦著臉，還爭著把手往自己挖的洞洞裡鑽。那時候，也興做生意的話，販它幾捆牛皮紙，保險賺得木老老。有一次，運來一船水泥，水泥卸空，剩下的包裝袋，讓老爺們的眼睛都瞪綠了。那個你爭我搶的熱鬧勁，看得我心裡又氣又惱。想想有的老爺平時作威作福，吹牛拍馬，在上司跟前能把稀毛癩痢的田，吹成萬斤田、衛星田，餓死了人還不許銷戶口……活該，該銬！別說紙銬！鐵銬、鋼銬也不過份。但有的頭頭腦腦，算得上青天，體察得到老百姓的苦處。平日裡也不擺架子。……在百姓心裡，誰好誰壞，是有桿秤的。可惜，像這樣正派的老爺，也是龍套。由著幾個乳臭未乾的小伙子擺布，說掛牌子，便掛牌子，一塊牌子五六斤，鐵絲勒進頭頸夠受罪的；說帶紙銬也老老實實地自己找紙，自己挖洞，看見張把結實的紙，也急吼吼地生怕別人的手伸在自己前面……我心裡真叫做又苦又酸，有時還特意替那些我看得順眼的老爺留點牛皮紙、馬糞紙……

其實這副紙做的手銬，著實厲害過鐵銬。

越是稀鬆的紙，越是難戴，是不敢扯斷的，就像對著法力無邊的氣功師，那功力能叫你腰酸背痛，尤其兩條臂膀，就像斷了……你不妨試試。不要太長時間，試一個鐘頭就知道啥滋味了。

可是話說回來，人家總歸用的是紙頭。

老許啊老許，偏偏用了斧頭。

我們家鄉，出美女……我可算不上……

也出師爺，靠一支筆在衙門裡吃飯。人家都講，紹興師爺，能把死的說成活的，白的說成黑的……

就算請來個師爺，紙頭總歸是紙頭，斧頭總歸是斧頭。用紙頭，不犯法，用斧頭就犯了法。老許啊老許，千不該萬不該，不該用斧頭。該叫那個姓伍的小子也戴副紙做的手銬，在太陽底下站一個時辰……

我是瞎想，也瞎講。許屏哪會有這樣心計。血氣方剛從來都鬥不過棉裡藏針，阿是?!

太守問我，就沒有人反抗?!……

有！一個姓耿的倔老頭，好像是個什麼院的院長。掙斷了紙銬，一步一步走進湖裡，淹死了。

還有個女的，是劇團的名角，發了瘋，拿一疊紙，做成鐐，做成銬，做成架，瘋瘋癲癲地唱《蘇三起解》……那唱腔，像山裡猴子的尖叫，慘煞人。

還有……太守慢慢去調查吧，我也講不周全，有骨氣的人總有那么幾個……

不過，有種官老爺，實在沒有人樣。

我問一個啥部長來著……他已蒙赦免，就是「解放」了。大搖大擺地又神氣起來，坐到我餛飩攤上來吃餛飩。我問他，一張紙怎麼就把你這個不小的幹部給銬住了？他分明被我問得臉通紅，卻還裝大大落落「能屈能伸，方為大丈夫呀！」還嘻皮笑臉地說：「越王句踐臥薪嘗膽，還舐吳王夫差拉的屎呢！……這不是你家鄉的故事？」連我的老實頭男人都聽不過去。「那你去舐屎吧！別髒了我的碗……」

那部長現在照樣當部長，跟著姓伍的老太太鞍前馬後的轉……權力不小，管人事呢。

一番閒話，聽得太守大人愣怔了半天。問我要碗茶，……真該死，沒有想到沖茶。他喝了口茶，又問我，有什麼東西填肚皮的？……

是怎麼一回事！這個副市長一大早沒吃沒喝?!看神色也像倦透。眼睛佈滿紅絲，還鬍子拉茬。我伺候他吃了碗方便麵。他抹著嘴，一連聲說：「你說在點子上，紙頭、斧頭，……唉！紙頭、斧頭、紙頭、斧頭……紙……頭……斧頭……」

看他咕噥的模樣，還比劃著手勢。我怪自己多了嘴。紹興師爺都會頭痛的案子，不難為這位許屏的老同學了麼！看樣子，這位副市長也不是對付棉裡藏針的角色。

我便說：「給你看一樣好東西。」

他眼睛有了神。「啥東西？」

「跟我來吧！」我把丁南北領到了一個山洞，洞口長滿篠籮，撩開藤蔓，露出了阿芳姐和我一起隱藏的那尊石像。

一看那尊像。我聽到一聲唔……

丁南北倒吸了一口冷氣，不顧晨霧打濕了衣衫，也不顧藤蔓有帶刺的荊棘，一定要我和他把石像抬出來。

抬出石像，他的襯衫已鉤破了幾個裂口。

橫著豎著，他還不稱心，又和我把石像抬到崖上。

喔唷！這個副市長到底也學過畫畫。

迎著剛剛爬出山頭的太陽，一前一後，一近一遠，許屏的心血總算看明白了。那個石頭的女人，放大之後便是石母峰。石母峰砍掉幾斧頭，便是許屏的雕像。

我不懂什麼藝術，也覺得好！太絕了。

丁南北更是激動。那手勢幾乎使我想起了許屏。或者許屏的魂兒留在那塊紅色的石頭上……

「鐘嫂，你覺得怎麼樣？」

「我能說個什麼子丑寅卯呢！」

「你怎麼想，就怎麼說……」

「老許真有本事，一塊石頭，想砍成哭便哭，想砍成笑便笑……」

「再想想看？」丁南北非得把我這個鄉下女人一下子變成朱競芳？

我便說：「我看過他刻的兩個石像。第一個，是石菩薩，看過之後，想抱個兒子，是孝順兒子給娘做的像。這個，我看頭一眼就心驚肉跳。做啥讓她兩隻手埋在石頭裡，像《寶蓮燈》裡那個女菩薩，等著兒子劈山救母呢！依我說，頭一個看了舒坦，要是刻在石母峰上麼，那有多好！祥雲瑞氣，腳下再配個金童玉女，賽普陀山了。不過話說回來，世上沒有不操心的娘，這回那尊，叫人想得多一點。眨眨眼，都是二三十年前的事了。請許屏現在再來刻，不知又會動成什麼腦筋……」

副市長沒有再說什麼，囑咐我妥妥當當地保管好那尊石雕，便下山去了，嘴裡還嘰咕著：

「唉！斧頭……石頭……紙頭……」

下午，阿芳妹子來了。

能瞞過這個聰明絕頂的女人麼？她說是來看兒子，其實是打聽丁副市長的態度。

我不會瞞她：「看光景這位太守爺不像在敷衍，認真想為許屏翻翻身的。」

「認真？」

「丁副市長的面相蠻善的，不是那種笑面虎……」

「對付伍玉華這種角色，就要是笑面虎。笑裡藏刀。我也看出許屏這個老同學人很正直，還算有稜有角，就怕再在官場裡磨幾年便圓滑了。」

「那就添點火候，讓他再淬淬火！」

「要說淬火，最好是把李燃這老頭兒請出來，可惜，他也是戴過紙鍔的。聽說他到北京去了！」

「晉京了，去弄尚方寶劍？」

阿芳妹子噗地一笑。四十開外的女人了，笑起來還那麼好看。

這才說到了兒子，我們姐妹共一個兒子。兒子今年都二十三歲了。兩個老子的命都不好。一個歸了天，一個還在勞改。

她問：「阿寶呢？」

「虧你想起他！給他找個對象吧，我想抱孫子了。」

「我聽說他想在城裡盤下爿店，做生意？」

「是呀！這陣子，哪個不想賺鈔票！我們浙江村裡，養雞婆、捕魚佬都成了萬元戶，阿寶能不動心麼。他想開個吃食店，餛飩、湯圓、千層糕，都是浙江土味，現在興地方風味……我挺支持他的，平常百姓，平常日腳，總比他親老子弄什麼泥人石人強！實話對你妹子說吧，每想起阿寶不是我身上掉來的親骨肉，我就心裡不踏實。……」

「幸虧在你們鄉下長大。」

「那倒也是！真跟著你和老許，阿寶的日子怎麼熬過來呀！想都不敢想。」

「所以我感激你一輩子，阿寶想做生意，缺錢，我湊份子！」

「勿要說這種生分話，現在我問你一句早就想問的話。」

「我知道你問哪句，要不要告訴阿寶誰是他親爹，對嗎！」

「老許自己是孤兒，有個親生兒，也有了身後的香火，別怪我說話不吉利……」

「我才不在乎，假使當年他爬到崖上去刷什麼紅漆，像周麻子，不已經是身後了嗎。」

「阿寶總要成親的，就改姓許吧……」

阿芳妹突然抱住我，在耳邊講了句叫我靈魂出竅的話，「阿寶的親爹，不是許屏。」

我騰地從鋪上跳起來。

「鐘嫂，我朱競芳的肚皮不是許屏弄大的。我不能瞞你了，我軋過一個姘頭……」

她講起二十幾年前的那段事，聽後我目瞪口呆。此生此際，居然碰到比戲文裡還離奇的一雙男女。

「……許屏應承了這個丑。其實，他並沒有真愛過我，此生此世，許屏沒有碰上值得他愛的女人。」阿芳妹子講得一腮幫子的眼淚，口氣卻平平和和，像庵裡的尼姑呢呢唔唔的念經。「我不把這段事情講出來，就像惡魔纏身，就像自己挖了兩個紙洞洞，鋳住自己的魂靈，裝什麼人模人樣呀……只有講出來了，紙鋳也罷，鐵鋳也罷，統統掙斷，才能理直氣壯為老許鳴冤叫屈！」

「這事你還告訴過誰？」

「丁南北。根根梢梢，比對你講的詳細得多。」

「噯呀！你發昏了，人家知道這些底細，會看不起你的。會影響他解決老許的問題的決心的。」

「影響了，算我又看錯了人！」

唉！做人難。

阿芳躺在阿寶床上，睡得又香又甜。

我心裡卻打翻了五味瓶。

做人一世，就像我們家鄉小孩玩的七巧板。拼對了，是個圖形，像雞像狗，像張果老像何仙姑，只要一塊對不上，就什麼都不是了。

家事國事，大概也這個道理。

這個苦命妹子，這刻睡得踏實，一定覺得拼成了圖形。

我卻睡不著。

我想出去走走。也到了照管一下燈塔的時候了。

推開門，原來下過陣不大不小的雨。這種娃娃臉、說變就變的天氣，在這裡是家常便飯。可不，現在已經數得清北斗星了，半個月亮掛上了樹梢，我也不用點盞馬燈，便能走夜路了。

唷！門口留著拖泥帶水的腳印，是阿寶的四十三碼球鞋印。他回來過，又走了。莫非聽到了他親娘的話，真要命，積在肚裡二十二年的苦水，不早不晚，偏在這個時候吐了出來！阿芳妹子心裡輕鬆了點，但灌進兒子的耳朵，他能嚥得下去麼？我這個既是娘又不算親娘的角色，以後再怎麼扮下去。

噯呀！好端端的日腳，又攪成了一鍋不乾不稀的脹乾粥。拼成的七巧板，又拆亂了。

我從濕漉漉的空氣裡都聞到了兒子的氣味。從我懷裡抱大的兒子，跑得老遠都嗅到身上的氣味。這就叫做娘！

阿寶肯定剛走。

我的阿芳妹子喲，軋過的姘頭，既然連模樣都沒有印在心裡，就爛在肚子裡拉倒，屙一泡屙拉倒，哪能便祕了二十幾年，偏就在今晚屙了出來，讓自己的兒子聞著陳年隔宿的臊腥臭！他會怎麼想呢。

阿寶偏偏又是倔頭倔腦的鋸嘴葫蘆。

在娘的肚子裡漚了二十幾年的臭泔水，難不成還要在兒子肚裡再漚幾十年。

難為死我了。

隔著湖，南岸新修的什麼酒樓呀、歌廳呀，正熱鬧呢，紅紅綠綠的燈光，看得我心煩意亂！

水面上留著兩道湧，月光下，慘慘地泛白。

一定是阿寶划走了舢板。

G 副市長丁南北

萬萬沒想到，被竊聽了的我，還來不及作出反應，而竊聽的人，卻以信息時代的速度，先發制人了。

昨天，從石母湖歸來，稍稍打了盹，跑了幾個工地和工廠，回到宿舍，婷婷和兒子已經等我吃晚飯。

原來已到了週末。是分居在省城的老婆孩子和我天倫之樂的時刻。

我洗了把臉，還沒有坐上飯桌，婷婷便劈頭劈腦地衝了我一句。「你是怎麼搞的，為一個勞改犯，忙得天旋地轉？」

我大吃一驚。

按照火車時刻表，夫人從省城回家，即使正點到達，離這會兒頂多兩個鐘頭。她從來是直接回家，從不到我辦公室找我。尤其夫君晉升，她古板得出奇，另有一功的清高，和我同坐一輛轎車都不肯。「我才不沾你的光！現在人家介紹起我劉婷來，都忘了我名姓，『這是丁副市長的夫人』，俗透！我聽了都害臊。」那麼，她又從何處聽來的風風雨雨？

「何部長要我轉告你，千萬慎重，不要學當今的時髦，剛上臺就呼風喚雨，好像不把水攪渾不算有能耐……你別急呀，耐心聽聽……我爸也說你是書呆子做官，偏偏又不是個風流太守的坯子！……」

一瓢涼水，把我淋得渾身發顫。她所說的何部長和我老岳丈，都是省裡的負責幹部，居然一百八十公里外的省政府裡，我丁南北已經成了新聞人物，攪渾了水？我攪渾了哪缸水呀？……

我按捺下一肚皮的火氣。「你能不能講具體些？」

「說你書呆子真是書呆子！能講得具體，不就容易辨明是非了！妙就妙在煞有介事而並不具體。你們學畫的，不是講究個似與不似之間麼！這個道理用在小匯報上，同樣叫絕。你們市委伍老太太本來要到省裡參加一個落實政策的會議，忽然打個電話來：『李燃，他不在，我不敢走開呀……』這不敢二字用得多妙！好像你們市裡面已經爆發了波蘭事件。」

我悶聲不響。我自忖，在省委辦公廳工作的夫人，比我看得清楚。

她還在數落。「你丁南北之所以各方面都湊合，就因為沒有做過出頭椽子。這年頭，凡要提拔哪個敢作敢為的，風聲尚未透露，匿名信就像響尾蛇導彈跟蹤而至，都是似是而非。沒有辦法呀，終得派人調查，即使查不出任何名堂，也半年耽誤了下來。真叫做令人哭笑不得！我們秘書處看得多了，聲東擊西，釜底抽薪，祖宗留給我們的法寶都用上了……別生悶氣，吃飯！吃飯！……」

我食不甘味地扒了一碗飯，就在飯桌上把許屏案件的始末，揀重要的都對婷婷講了，害得她也沒吃上一頓安逸飯。

她嘆了口氣。「你要得罪一大批人的，假使你再朝前走……」

收拾起剩羹殘肴，我聽著她在廚房裡洗滌碗筷。水龍頭的聲響，慢一陣，緊一陣。沖得我的思緒也慢一陣，緊一陣。緊緊慢慢的亂。

我埋在沙發裡發愣，連兒子學習上的事都懶得過問。

兒子今年九歲，已經三年級，智力不算很高，打扮倒很入時。後屁股口袋，鑲著塊銅牌，凸了個牛頭的圖案。中國時興牛仔裝已經多年。在這種事情上，同世界接軌的步子一點兒也不慢。

由兒子的褲子想到了幾年前的一件事。

那時，我還是坐公共汽車的階層。一次在車上看到一位摩登女郎，穿一條緊巴巴的褲子，沒有銅牌，卻縫著塊很扎眼的布片，印著英文，翻譯過來是「請勿倒置」。分明是從溫州人的小攤上買來的。那塊布片，也分明是包裝布。我真想對女郎說：「朋友，快快去換一條褲子，你鬧大笑話了。」但張了半天嘴也沒敢開這個口。弄不好，我的好意會被她當成流氓，只要她喊一聲：「你這不要臉的！為啥盯著姑娘家屁股?!」我馬上會被半車正人君子揍個鼻青臉腫。即使解釋清楚，人家也不見得領情。「本小姐就願意拿大鼎當走路，又怎麼招你惹你了！你管得著嗎?哼!……」

這會兒，我的處境更加狼狽。自己都沒有想好呢，就遭到了背後的唾罵，唾沫星子竟飛到了省城。

有什麼法呀！

我已擠進了這輛政治公共車。

原先訂的座右銘——只顧本職業務，莫管他人閒事——該是多好！擠在芸芸眾生之中，顛來晃去不也照樣到站！無非五年任期，我本無奢望老百姓會送我一頂萬民傘。

真叫做自討苦吃！

婷婷收拾完畢，坐在我身邊。

「下一步，你是怎麼打算的?」她擰小了電視機的音量。於是，我眼前便只有螢幕上的色彩的晃動。

我看到一隻碩大無比的皮鞋朝自己腦門踩來……是鞋廠的廣告……

聽聽老婆的吧！女人在政治方面的觀察，往往是意想不到的天才。何況是省政府裡進進出出的女人。

果然，婷婷曉得的底細遠比我多。

據她了解，關於紙銬這件事，早就有人提起：「這種手段算不算迫害？負不負法律責任？」正是迫於這種形勢，伍玉華甜言蜜語地到處求「叔叔阿姨」們寫證明，證明他的目的是「保護老幹部」，自然也求到了許屏夫婦那兒，恰恰是許屏的一斧頭幫了那小子大忙，既在醫院裡躲過了審查的風頭，又一下子從迫害者變成了受害者。

再一次提起「紙銬」，是調整市裡領導班子，因為有人推選伍玉華為「年輕化、知識化」的代表，便有人重新提起他在「文化大革命」中那齣表演。市裡、省裡，那些打算放權的老頭，爭論得很厲害。伍素碧發表了一通聲淚俱下的講話，「玉華同志的問題，作為我的身分，不宜表態，『文化大革命』，他連我都要劃清界線，很傷我的心。但後來終於理解了，如果他不同母親劃清界線，就無法參加革命群眾組織，因此也就不可能保護一大批老幹部，這一點，在座有好幾位都比我清楚……想到這點，我很寬慰，願意犧牲自己的——同志們呀，是犧牲母子之間的血肉親緣呀！——來換取玉華政治上的成熟。請大家冷靜設想一下，如果不是玉華，而是別人，革命隊伍將會受到多大損失！玉華同志從小在我身邊長大，有深刻的階級感情。對付真正的階級敵人和對付你們決不會一樣，他們戴的是鐵的手銬！這是鐵的事實……不過嘛，我還是支持丁南北進領導班子……要保持安定團結的局面，總歸挑個爭議少的幹部好……」

我的夫人真好記性，如同身歷其境。

「為了你，我還能不把多少年前送到省裡的紀錄再看一遍？檔案室的張主任和我關係好，特准我關在裡面，足足看了一下午……看你，發什麼楞？人家不買你丁南北的面子，也看我爸爸的面子呀！」

原來如此！我的賢內助的父親——副省級的烏紗帽，還是有威勢的。怪不得伍素碧還沒有到我面前罵山門，只敢到建設局去發一通無名火……

我有這麼一位老泰山，應該腰板硬朗點才是……

我的思維稍稍活動了些。

婷婷繼續幫我分析局勢：「其實你們是麻桿打狼——兩怕！誰都提心吊膽地研究著對手。伍老太太有頭腦，不像她兒子那麼急不可耐。眼下，引而不發而已。引什麼？引那些個帶過紙銬，明知不光彩卻死撐面子的人，他們中會有人充當急先鋒，你等著瞧吧……」

我佩服得五體投地：「婷婷，這個副市長，應該讓你當！」

「我才不稀罕那頂烏紗帽。」

「下一步，我該怎麼走？……」我的聲音儼然是請示上級的腔調。

「請一個戴過紙銬，有權有勢的人現身說法。」

「李燃？」

「他最合適！」

我的心猛地一抽搐。

要我去揭開這個連連提拔我的老前輩的瘡疤，簡直是一種殘忍。我開不了這個口。

我已有預感，李燃引出了許屏案件，還介紹了朱競芳和我詳說，心裡可能已經後悔。至今，他一直避開正面矛盾。到北京去參加老戰友的追悼會，也是托故吧！何況，再有大半年，他就離休了。這個老人，老伴死去多年，唯一的一個女兒，嫁給了外交部一位駐什麼國家的參贊，遠在萬里之外的拉丁美洲。現在的門庭已經稀落，將來更加孤單。我能讓他在空落落房裡沒完沒了地咀嚼他自己心靈上的痛楚麼！

「你呀！只配在患得患失裡折騰自己，那就索性當個糊塗官，不得罪伍素碧娘兒倆，也不得罪你的老同學和他的夫人……理由還不好找！」

我耳邊忽然又響起了朱競芳的聲音：「……多麼聰明，折磨了人的靈魂，還不留一點痕跡……人家是大天才，犯罪犯到這個份兒上，才叫功夫……」

我耳朵裡響起了悉悉索索的聲音。紙的聲音。

沒有料到，打從吃晚飯起，兒子已把什麼話都聽進了耳朵。他鑽進裡屋幾分鐘後，拿了張紙，挖了兩個窟窿，套在手上，興致勃勃地嚷道：「爸爸，爸爸，這不就是紙銬？……」

「你瘋了！」婷婷比我先嚷出聲。

兒子樂得咯咯直笑。

「這算什麼玩意兒，只要一掙，馬上就斷！……」

他果然立刻把一張紙掙成碎片。

但是，二十年前，那麼多的人沒有敢掙斷……

這是一場什麼遊戲……

不！那時叫運動。在外國語言裡，「運動」這二字的意思該如何翻譯?!平反二字又如何翻譯?我忽然間想找一條恰當的解釋……

對了！「請勿倒置」！

我幸虧沒有在公共汽車上自以為是地去勸說那位屁股上縫著包裝布片的女郎。她絕對沒有錯。

「請勿倒置」，好極！好極！

婷婷被我從夢中咯咯的笑聲吵醒，狠地搡了我幾下：

「我看你都快成神經病了！……」

我還是越想越好笑，好久好久沒有這麼大笑了。笑得出了眼淚。

我彷彿獲得了一點「大徹大悟」，還需要點「大智大勇」……

那些個懸民於水火之年，如果人人都把屁股口袋上貼塊布條當作時髦：「請勿倒置！」總比嚇人的紅袖章和皮帶、銅扣、鐵銬、銬強得多！

誠者斯人！——那位摩登女郎！

惜哉許屏！——他偏少了這點幽默。

H　朱競芳

難得睡了個又香又甜的囫圇覺！

只因吐出積瘀在胸中二十幾年的塊壘？

睡在阿寶的床上，親生兒子的床。那床是當地人的做法，四根雜木作床框子，兩根彎彎的作撐子，綳緊了麻繩，便是床。不做床腿，墊幾塊石頭、磚頭或者土坯，便算床腿。這其實很聰明，有個把病痛，抬起來便走，當即成了擔架。分明是兵荒馬亂的歲月太長久，山裡人使出的智慧。滿山都是樹，偏缺這四條床腿？

我要是在這裡生兒子，肯定也在這種床上坐月子、奶孩子，和山裡女人一個樣。不管周圍有多少雙眼睛，解開懷，便把奶頭塞進兒子嘴裡。那種大方和自然，是真正的美。任哪個模特兒都學不到的。奶子脹了，也毫無顧忌地當眾擠呀擠的，白色的乳汁噴泉般地濺在地上，濺在草上，甚至濺在陌生男人的身上，也沒有見哪個男的動過邪念。做過這樣的娘，才算真正的娘。

我這個娘算什麼娘?!

鐘旭寶，這個兒子的名字都是鐘嫂和她男人請他們村裡一個小學老師起的。

兒子，在我心目中一直是一個肚裡的肉瘤。只因為周圍有那麼幾位好人，才沒有變成惡性的癌。

這個肉疙瘩從我的子宮裡摘下，已經二十三年，我都不敢認他，因為我沒有撫養過他。今晚，躺在兒子床上，才著著實實地體會到他的存在。從床的長度看，個子不會小。平時掃他一眼，都是含含糊糊，心不在焉的。他喊我「乾娘」，聽起來總覺得澀澀的。心裡澀，眼也澀，所以能夠不照面盡量不照面。

床框綁的麻繩已經鬆鬆垮垮，有幾根斷過又接上。這才感覺到他的分量，少說也有一百二十來斤了。

我蒙在他的被子裡，想嗅出一點洋灰摻和砂子的味道，畢竟是這個漢子留在我子宮裡的精子……

沒有，鐘嫂才洗過他的被子，留著太陽和野草的芳香。夜裡翻身，還硌著個松果，想必在山坡上縫被子時，松樹上掉下來的。

二十三歲的兒子，大半是在浙江長大的，該有浙江人的精明。他畢竟又是東北大興安嶺的種子，該有北方人的豪放。果若這樣，該是上好的雜交品種。

孕育他的子宮也不是臭皮囊。用鐘嫂的家鄉話說，不推板。不推板便是好！

我裹緊被子，真想好好地去認識認識自己的兒子了。

鐘嫂千萬別多心。我朱競芳決不會伸手摘個現成的桃子。從名份到骨子裡，他都是你的。

我再想賴在床上多耽一會兒，鐘嫂卻是從門外進來。

天才麻麻亮呢！她這麼早便出去了？

「阿芳妹，事體勿大好！」她一屁股坐到床沿，床咯扭了一聲。「昨天夜裡，你給我講的話，阿寶全都聽去了。」

「是嗎？」我再作瀟脫狀也掩飾不住驚慌。

「阿寶昨天夜裡回來過。外頭落雨，我們倆個又講得走了神……，他肯定立在屋檐下，都聽進了耳朵……這怎麼是好呀？」

我也沒有了主意，昨夜裡吐出了塊壘，才幾個鐘頭？今天老清早又在肚腸裡打起了結。

我嗓子眼堵住了。再開通的年輕人，忽然知道了自己原來是個私生子，是野種，是這個混蛋的娘軋了姘頭。連姘頭的樣子都講不清楚，不是個臭婊子又是什麼！

我有氣無力地再問了遍，「他確確實實都聽去了？」

「八成！」鐘嫂只保留著二成的希望。

這二成的希望對我們兩個娘太重要，我甚至覺得對鐘嫂尤其重要。阿寶雖然是我胎裡的肉，卻是她懷裡的命。現在弄穿幫了，將會是什麼結果？恨我朱競芳，怨我朱競芳，宰了我朱競芳都是活該。萬萬不能讓相依為命的這對母子要了命！東北基因裡的倔勁，浙江土地上的精明，加到一起會做出什麼瘋事？天曉得。

我得把這後果承擔起來！

索性找到阿寶，挑明了，都是你親娘的錯。你牙牙學語便叫我乾娘，其實是濕的。血淋淋的濕。腥氣扒拉的濕。你嫌，可以像扔掉一條臭鹹魚似地把我扔到永遠看不見的旮旯裡，但你一定要待你「親娘」好！

可是，萬一他沒有聽到……只不過轉來一趟，看見「乾娘」睡在自己床上，便識相地走呢！那樣的話拆穿幫了便自討苦吃；不是還有二成的希望嘛！

我理出了點頭緒，不能自己戳穿那張糊燈籠的紙。

他是不是知道了底細，能從口氣裡聽出眉目來的。

聽出了眉目，再看他的態度吧！

糟糕的是平時太不關心他。啥脾氣，啥性情，啥愛好，都是模糊的影子。

只知道他讀到初中。從床邊扔下的幾本書來看，喜歡武俠小說，昨夜臨睡，我還隨便翻了幾頁《笑傲江湖》。

這能說明什麼呢?!

我得找機會接近他。

鐘嫂已經成了沒腳蟹，完全沒有主意。她告訴了我，阿寶可能去的幾個地方。

轉身便走。也不嘮叨幾句安慰的話了，現在什麼安慰都白搭！

很順利，在鐘嫂告訴我的第一個去處便找到了阿寶。

那去處是兩開間的鋪面。阿寶想盤進，正和房東談租金價鈿。

房東，一看他便知道不是省油的燈，論年歲，是阿寶的一倍還加幾歲。梳個大背頭，還露出了已經遮不住的禿頂，講起話來黑洞洞的嘴腔閃著一顆金牙齒的光。那閃爍的亮點比他的眼睛還像眼睛。亮點的光照在阿寶腳上那雙沾滿泥漿的四十三碼球鞋上。

因為是星期天，街上人來人往，我便在人縫裡觀察。

聽不清楚房東在講什麼。從那個亮點，看得出他心裡的算盤。「你小子有沒有本錢來談生意……這身穿戴！」

阿寶沒有應答什麼，眼珠骨碌碌地轉悠。

聽了半晌，我大致明白，房東是在形容這個地段是如何如何地好，左近電影院，斜對過又是個學校。

「……你不就開了餛飩糕糰鋪嗎，哪裡找這麼好地段，散了電影，散了學，這點生意就夠你賺的……我開的價錢你打聽打聽。……小阿弟，到底是你自己想做生意呢還是替別人踩地盤的……」

那顆金牙不見了。房東已不屑周旋，就等阿寶自己識相點開路吧……

我從阿寶的眼梢下，感到他已在目光的餘光裡看到了我。

他沒有向我打招呼。

我心裡沉沉地，咯噔一下。

我也沒有主動招呼他。他驚鴻一瞥，又去打量屋子的上下左右。

房東自顧自地沖了一壺瓜片，用那把發黑的紫砂壺。這種壺是下決心不讓人喝的，但又不失體統。我越發覺得不是好對付的角色。

嘴腔裡的亮點又閃呀閃了。「小阿弟，我也陪不起這工夫，你也多跑跑多看看，再打聽打聽，這地段，市政府要開闢成重點商業區的……」他已打算送客。轉過背，一腳跨進裡屋，裡外屋是一張竹絲編的簾子分隔開。這種簾子是這兒的土特產。編得又細又密，從裡頭看外頭，一清二楚，看景看人都像電影鏡頭蒙上了細紗，鮮嫩了許多。

就在這時，阿寶脆脆地喊了我一聲：「乾娘！」

那一聲乾娘，聽得我迴腸蕩氣。一肚皮的疑雲都飄到爪哇國裡去了。

我忙地嗳了聲，便穿過原本很窄的馬路。那馬路尚未改造為瀝青路，保存著原有的青石板。路的兩側，是水溝，聽得見石板下淌著的潺潺水聲。昨夜下了陣雨，山泉急了許多，水聲也歡快了許多。一排青石板，竟成了一排玉磬，響得有板有眼，有旋律有音韻。就像我那時的心的跳動。

他，兒子，分明什麼都沒有聽去。

他又叫了聲。

竹簾已掀開一半，止住了，走進裡屋的半個身體分明站住。房東一定從竹簾裡看到了我。土氣的、穿四十三碼球鞋的那個山裡伢，居然有個不推板的乾娘。年近五十的我，在這城市裡，再落魄也自有一股風韻呀。

我走到鋪子門前，剛跨進門檻，阿寶便說：

「乾娘，你問問丁副市長，這裡是不是要開發？」

我心又咯噔了一下。他怎麼知道丁副市長？未等我回答，阿寶又問道：

「乾娘，聽說這塊老城區要保存原有的面貌。沒錯，你問問丁副市長，就是他拍的板……」

我的兒子！我從來沒有發現過的伶牙俐齒！

怎麼鐘嫂說他是鋸了嘴的葫蘆?!

我馬上明白，這幾聲乾娘和沒由來地拽出丁副市長都是講給簾子後面那個房東聽的。別小瞧了人，我家和丁南北副市長有交情呢！

我得接上阿寶的茬。「你也不早說，前天晚上我還同丁副市長講了半宿話。」

簾子後面的大背頭終於回轉身。

但阿寶卻拉著我——他從來沒有拉過我——走了。甩給房東一句不溫不火的話：「看樣子談不攏了。你這屋裡連個下水道都沒有……」

他拉住我，走得很快。

但我感到背後的亮點，大背頭張開半張嘴，愣愣怔怔，不知所云。

這分明是欲擒故縱。

這是生意經。

這小子，阿寶，我的親生兒子究竟是塊什麼料？

以後的半路，他的確是隻鋸嘴葫蘆。攙我的手，溫度也漸漸涼了下來，直至離我他去時都沒有再說話。

教了十來年語文，這一刻兒，才約略講得明白「忐忑」二字的詞義。

I 副市長丁南北

今天是禮拜天。

我哪兒都不想去，翻出了一本全國分省地圖。

我查閱海陽縣的位置和介紹。這縣算是個有年代的古縣，不少名勝古蹟。最著名的當算明朝的一座古塔和幾個石牌坊。石牌坊是為當地一位狀元爺建的。頭銜一大串。所謂幾個牌坊是狀元的正牌坊名義是一座，實際為四棱八角。扼守著縣城最熱鬧街道的東西南北各個要衝。那座塔的年代更久遠，是明初的建築。塔基裡埋著位得道高僧的金身，至今保存完好，塔基的石門用整塊漢白玉，啟閉自如，參觀高僧金身者絡繹不絕，那香火已經延綿四百年了。

據說，調勞改隊修繕那幾座古建築，便是為了紀念那位活佛的四百年華誕。

想承包這個工程的施工隊不少，終於讓這個勞改隊的石工們中了標，足見勞改隊現任隊長很有路子，也足見他手下確有幾個人材。沒有金鋼鑽，哪敢攬這樣的磁器活？許屏自然是金剛鑽，要說石刻藝術，他能夠如數家珍。

我想寫封信，請朱競芳先跑一趟，她說過的，想到海陽縣去探望許屏。

思緒萬千，竟沒有一句合適的話能上筆端。

寫什麼好？一般的問候，太做作。許他一個願，說他的問題正在解決，又憑什麼！

橫豎都難，我在寫字檯前，躊躇了半個上午。

門鈴響，婷婷去開門……

出乎意料！旅遊局的翻譯帶了兩位德國朋友，完全沒有按外事準則，臨時動議來向我這位副市長作私人拜訪。容不得推辭。

這一來，慌得我這位平素幹練的夫人連忙收拾屋子。幸虧這間兼做我書房的客廳還算湊合，亂是亂了點，卻不髒。歪打正著的一種情調。

我當然不及整裝。「衣冠不整下堂來」吧。

德國佬滿面紅光，先講水電站擴建的方案已經傳真到了總部。又說前天再次看了石母湖。

主題自然是後者。水電站的渦輪機擱到了一邊。

他們合計了兩天，剛和法蘭克福的老總打過國際長途，刻不容緩地想找我談談。那副興奮勁，沒有翻譯我也明白了大半。這麼宏偉的一座水電站，再加上石母峰的開發，絕對是科學和藝術的和諧統一，將會創造自然景觀和人文景觀珠聯璧合的奇蹟。

「那座石母峰，太妙了，充滿東方哲學的神祕。我們測了一下，可以雕刻的部分有四十二米。」

「是啊！相當於一座十四層大樓。」

「不止！不止！照你上次講的那位朋友的構思，有效景觀是一座六十六層的大樓。相當多的部分是順其自然的是嗎？……」一個剛講完，另一個便擠上：

「我們從好幾個位置觀察，最佳視點有三處，尤其是設航標燈的那個島，簡直是上帝的配合……你的那位雕刻家朋友，可能還沒有想到水電站的水柱，經太陽光折射了將會引出三道彩虹……那，太迷人了。一定會使他產生更加浪漫的想像力。……」

我點點頭。

「我們非常想拜訪這位藝術家。」

「很抱歉，他現在離這兒很遠。」

「外星球？」一位德國佬開玩笑，誇張地聳聳肩。

「差不多！」我也擠了下眼。「……他現在手裡有一個工程……」

幸好，他們沒有打破砂鍋問到底。

我鬆了口氣。「四川樂山大佛花了九十年。如果也是這樣進度，二位閣下和我，恐怕都是前人栽樹。」他們不問了，我倒想繼續下去。為了許屏，我得試探他們合作的誠意，另外也想聽聽外國的技術信息。

「樂山大佛七十米。」一位德國佬並不生疏。「造樂山大佛時，沒有激光，沒有電腦，現在，藝術家的任何想法，都能最快和最精確地表達。」

得適可而止。我只好搬出最最大路貨的「研究，研究」的延宕之詞。

雖說他山之石可以攻玉，但馬上要攻，我還沒有譜。

外國人最怕我們的「研究，研究」，但這二位今天實在精神抖擻，並未皺眉頭，倒是瀟瀟灑灑地瀏覽起一位中國的副市長的客廳來。

我的客廳決不豪華，卻也不俗。牆上掛的幾幅畫和書架上擺的幾件磁器都還有點講究。盧谷的一叢菊花，雋永飄逸，何以幾根似斷似續的墨線，竟會帶給人置身世外的感覺，看得他們倒吸了一口涼氣……

「啊！貝多芬！」個頭較矮的德國佬發現了錄音機邊的幾盒磁帶。

正好，我也可以放鬆一點。順手挑了一盤，放進了音響的卡座。連什麼樂曲都沒仔細看。

婷婷從屋裡探出頭來，向我遞了眼色。

我只好請他們原諒暫時失陪，進了臥室。

「他們會不會在家裡吃飯？」

「照外國人的習慣，沒有主人的邀請，決不賴在人家家裡吃飯的。」

「我們邀不邀請呢？」

真是難題。

外屋飄進了樂曲的聲音，糟！恰恰是貝多芬的第九交響樂。六十七分鐘。才開頭。

我一看錶，已經十點五十分。

「做兩手準備！」

「你什麼時候能改改模棱兩可的官腔！」

「你拿主意吧！」

「我從來不參加外事活動！……」昨晚上還對我縱橫捭闔的婷婷，忽然間變得忸怩了。

「……家裡什麼都沒有，要不，請他們到賓館去。……能報銷麼？」

我聳聳肩：「賓館就賓館吧，我自己付錢！」

「你講得輕鬆！你這副市長一個月掙幾千了？還不是今年才提了兩級。」

我急得想捂她的嘴。

「……你陪他們去吧！我和小菁……咦？這孩子，一眨眼工夫怎麼就不見了？」

我哪裡顧得上孩子，扭動了門把。幸虧有德國佬自己的祖宗陪著他們。冷落客人太久，要挨外事工作的通報了。

婷婷偏拉住我：「要多少錢？」

「中國人請客，一個位置八十元。」

「這個月我們過不過了！」

我用食指豎在嘴唇中間：「噓……！」

女人畢竟是女人。她匆匆忙忙數了一卷鈔票，把我推到了外間。

翻譯也急著在看鐘……

德國佬聽著氣勢磅礡的樂曲，正襟危坐，就像穿著燕尾服，端坐在音樂廳的架勢。那樣子，已到了虔誠的程度。

我十分喜歡「貝九」，心情鬱悶時常常放來聽聽，聽完之後，自然添了點振奮。心底的共鳴要很久才漸漸釋放。而這次，一點也引不起我的震撼。我只覺得貝多芬真能沒完沒了，或者是卡拉揚有意把節拍指揮得緩慢了，再要不，便是我的音響卡座轉速出了毛病。而兩個日爾曼人正和他們祖先共享歡樂，跟著〈歡樂頌〉合唱的出現，忍不住引吭高歌，一個唱高音，一個唱中音。夾在中間的我，活像早期電影裡的卓別林，陪著他們擰脖子。

樂曲終於結束，已經十二點，我不得不表示私人的邀請。

兩位客人今天格外高興地接受了邀請。

幸虧兒子不在，我有了很體面的托辭，夫人要等兒子回來，不能陪同了……

我匆匆忙忙帶著客人下了樓，生怕碰上兒子不遲不早地趕在這時候回來……

真叫做冤家路窄。

偏偏又碰上了伍公子。

我和客人剛剛坐下，點了菜，開了瓶紅葡萄酒。

服務員剛剛拔出酒瓶的塞子，噗地一聲，便噗出了伍玉華。簡直像個影子。

接著，從屏風後面又閃出一男一女，都打扮得很時髦。憑臉相，便看出是唱戲曲的，吊慣了的眉梢，使得眉骨都朝外突。

原來，他們那一桌和我們只隔一個屏風。

伍玉華滿臉堆笑地一一打招呼，握我的手時還格外用力。從他的手心通向我神經的感覺麻酥酥、酸溜溜。莫非真有什麼功，抑或是我心裡反胃？沒有吃飯便反了胃，我原來有點餓的感覺，全被莫名其妙的緊張俘了去。

真見鬼！我憑什麼緊張，在這種人面前！

但就是心情繃得那麼緊。他愈是笑容可掬，我愈是感到渾身肌肉都在發緊。

我忽然意識到：這便是戴上紙銬的味道。

我竭力迫使自己不要失禮：放鬆，放鬆！

倒是他，很快化解了尷尬。

他招呼服務生撤去屏風，把兩桌併成了一桌，並且介紹了他的朋友。

翻譯直朝我眨白眼。我懵懵懂懂，由著他安排完畢才愣怔了一下：究竟是怎麼回事呀！是算他作東還是我作東呀?!我明明可以阻止而為何不開口呀?!怎麼自己一個大活人，而且又是他的上司，居然讓這個奶油小生牽著鼻子走呀……

這便是紙銬的魔力嗎？

徹頭徹尾的喧賓奪主。他一杯又一杯地和德國佬碰杯，介紹的兩位朋友是本市劇團的名角，還問，「能不能為大家助助興？清唱一段《沙家浜》。」他自己反串阿慶嫂，而讓那女的反串胡占魁……

當德國佬聽明白意思後，連忙鼓掌。還能不鼓麼？中國文化的奧妙實在無窮盡，女人粗起嗓子吼，男人擠緊喉嚨喊，真正的陰錯陽差，真正的乾坤顛倒。

倒是使兩位日爾曼人樂不可支，連開了兩瓶酒，飯前的，飯中的，還有飯後的呢……

飯後酒是什麼，蘭姆？威士忌？還是白蘭地？

我顛顛倒倒地把手伸進口袋，搓著那卷鈔票……

如果再開一瓶皇家禮炮的威士忌，或者一瓶XO的馬嗲利，這賬我是付不起了……

別人都醉眼朦朧了，我卻漸漸地清醒。

伍公子也沒有醉，扭著腰，伸出蘭花指，用阿慶嫂的功架提起了茶壺……

我鬆了口氣。斟茶了。幸虧這小子還不懂飯後酒。

口袋裡那卷鈔票已經汗濕得發潮了。

我剛剛脫下心頭的紙鎊，便聽得伍玉華在問德國佬：

「如果回訪貴國，也來這麼點餘興，會受到歡迎麼？」

德國佬敞懷大笑。

伍公子和他的朋友也笑。

笑得很默契。

我忽然醒悟，伍老太太講要重新審批回訪德國的代表團名單，是什麼意思了。

我悄悄地到賬檯去，先看看這頓飯的價錢。

賬檯上的小姐很禮貌地說：「丁副市長，這還用您自己破費？伍處長早就簽了單了。」

我想說：「這是私人請客……請勿倒置！」

伍玉華也搶上前。他沒有講賬單的事，卻在我耳邊非常親熱地說道：「您甭擔心，回訪德國的代表團團長還是您。」

我差一點大聲責問：「那麼，代表團原來決定的成員統統都調換了！」

因為我沒有任何表情，他也沒有再透露什麼。

我應該多笑笑；讓他再多透露點內情的……

唉！婷婷批評我欠缺官場的城府，太對了。

我向德國朋友握手道別。

伍玉華正在問翻譯：「德國話裡再見怎麼講？」

一切都已明白不過……

婷婷已坐三點鐘的那班車走了。留下張條子：

「洪總來過，請你找他。如何規劃，由他和你細談。」

帶點密碼隱語的味道。

她懂得什麼規劃呀。我已明瞭其中意思。

夫人確實比我多點韜略。她在高處見過的風比我多。

無論熱風還是寒風……

J 洪總工程師

不知我的這位當了父母官的老弟，有沒有意識到，他在哆哆嗦嗦地做著一件早就應該做的事：改變人的價值觀念。

前兩年，丁南北還振振有詞，發現了拯救物質生活的貧困乃當務之急。可是，即使人人吃得腦滿腸肥又如何?!我這個人，喜歡瞎琢磨。近來，尤愛琢磨國家的「家」字。形象不咋的！「寶蓋頭下一群豬！」——好像是《家》本小說或是劇本裡的一句臺詞。而國者，集億萬家之大成也，還得了麼！

我常和這位太守老弟以及別的什麼官場朋友講點常識性的觀點：沒有歐洲的文藝復興，沒有馬丁・路德的宗教革命，沒有人文主義和啟蒙運動，歐洲的工業革命是不會成功的！不改革觀念形態，你蓋一千幢大樓，也無非各家各戶竈老爺的神龕描金塗銀，更加闊氣而已。你修一百條立體交叉的公路，走過的還都是朝山進香的善男信女，豈能叫現代化！

人之為人，就因為思想。人類的進步和文化的發展，無非記錄著四個大字：異想天開。

古今中外，都有些執拗追求一種事業的怪人。

怪人出得最多的時代，往往是文化思想最繁榮的時代。春秋戰國，諸子百家，哪位不是當時的怪人！

最近，我看到條消息，黑龍江一位小青年，徒步萬里，執著地要去神龍架探險，考察到底有沒有野人，甚至自己留長了頭髮和鬍鬚，企圖混跡「野人」之間，看起來荒誕可笑，但做的是大學問。他想考證人類進化史上一個可能失落的鏈環……我佩服，因為我至今沒有做到，也做不到。

太守老弟講起的那位他的老同學，執著地想把石母峰刻成一個大石像，也是一個了不起的異想天開。有文藝復興時期大藝術家的心胸，裝滿了悲天憫人。可惜，這位藝術家之「誤入白虎堂」，實實在在的原因歸結於社會和歷史。

我雖然沒有結識這位朋友，但能分析個八九不離十：他肯定對中世紀式的宗教黑暗，恨之入骨。可惜，他使用的手段也是中世紀的，唐吉訶德式的。這便是社會造成的悲劇，從五四時期便三請四邀的德先生和賽先生，至今也沒有高高興興地光臨泱泱大中華。

德先生和賽先生並未因為代自吹自擂的地大物博和四千年文明而屈尊降紆。夾在這種新舊交替的時勢裡，我的老弟是夠為難的。

可不，他今天到我這兒來聽我倚老賣老了。

他還沒有真正看到，因為和許屏老婆幾個晚上的深談引起的真正風波。

劉婷告訴我，她的書呆子丈夫，人家在他耳朵根子下放了竊聽器他都眼睜睜讓賊溜了。我說：「好！好！這未始不是中國的一大進步。如今國際商業競爭中都相互滲透經濟間諜，竊聽手段已到了《西遊記》、《封神榜》的境界。十億神州，才有這點土法上馬，算得了什麼！」她笑罵我說得輕鬆。她還說伍素碧的態度難理解，不知笑臉背後藏著什麼殺機。我笑道：「殺機是不會有的，東邊日出西邊雨吧！因東邊有丁南北的老泰山，你劉婷的老子……」她紅了臉。想撇清也撇不清呀。伍素碧也到了該離休的年齡，也想著離任之後的權勢能夠延續，靠兒子太張揚，未嘗不想籠丁南北這樣的正當齡的「第二梯隊」。

我必須正告我的太守老弟。

他以為紙銬的事，足以振聾發聵，是大大的錯了。振聾發聵的人並非沒有，都已經死的死，走的走，留下來的那批頭頭腦腦，都把那一張紙兩個洞當作護身符呢！尤其是這幾天。「肉麻當有趣」，你還以為是怎麼著？

「竟還能肉麻當有趣?!」太守大人頗為不解。

中國的風，真教人不可思議。以往的運動，整人為業的「積極左派」，那頂桂冠引得多少人去擠，去搶。而唯獨「文化革命」之後，反了過來。誰都表明自己是如何如何地挨了整，是千真萬確的「受害者」。

紙銬對於頭面人物，未始沒有失去頭面的恥辱感，但經過伍素碧母子的一番解釋，便暗自慶幸，一張紙兩個洞，畢竟沒有傷筋動骨弄成殘廢，卻給頭上掙來一個「挨了整」的神聖光圈。這光圈，無疑是重返伊甸園的通行證，多麼的美妙。

但這張通行證牢靠麼?

大多人都埋在心底，互相心照不宣，拖它到退休，一切功過都隨時光而沖淡、消失，也就了了。

要命的是時不時有人提出疑問，你們這些天天唱國際歌、口口聲聲解放全人類的好漢們，居然一副紙銬都不敢掙破，趁早把腦袋夾到褲襠裡，少指手劃腳！

可是，不指手劃腳又算什麼官員？

他們自然會懷疑自己頭上的光圈，究竟有幾分成色？就像在廣州馬路上，從走私販手裡買進一塊「大羅馬」，價錢便宜又心裡打鼓。這當口，如果另外一個人走過，而此人又自稱老內行，說一聲值！便放下了心。

於是乎，買過「大羅馬」的便成了一夥。明知吃了虧也拚命地互相幫襯，互相做「托」，互相托著並不安寧的心靈。

現在，大家都托著李燃。生怕這位第一把手跳起來喊道：

「假的！」

當官兒的，歷來在卸任交印的時刻有勇氣反省。

不過也有在交印之際，更加狠毒地撈一把。

太守大人，鄙人就這點見識了，你自個兒分析和審時度勢吧。

我看得出，提到丁南北的老上司李燃，是頗讓他為難，不過我縱觀全局，目前還沒有一著更好的棋。

而對手的棋，已經布得有招有式。

伍素碧老太太到我們建設局發了通脾氣之後，我們的局座——丁南北當過他副手——也曾經帶過紙鍔。這位不懂得鋼筋混凝土配比的建設局長，很懂得政治權力的配比，憂心忡忡地找我談話：「洪總，反正到德國去的代表團，我是決定放棄了，至於你……你是丁副市長的老朋友，有空勸勸他，聽說他……也沒有什麼……不過，不要讓我們這些老部下跟著犯錯誤！」他沒有講什麼卻什麼都講了。卑躬到自稱「老部下」，連做夢都爭的洋葷也不想開了。放棄如此既得利益，這番決心不在心裡翻騰幾宿是做不到的。

別看小小一張紙，兩個洞，成也蕭何，敗也蕭何。

如果丁南北的位置更硬些，膽子更大些，義憤填膺地拍案而起：「連一張紙都不掙斷的人，指望他們改革開放，行嗎？撤！……」

那就另一番局面了。

我的太守老弟的閱歷、手腕和性格魄力都做不到這一點，至少在看得見的這段日子。前天，到市經委，又有一位不大不小的頭頭，擇空找了話茬，「一張紙，兩個洞，也是一種政治待遇。那年頭，他想戴還輪不到呢！」這他，就差直呼丁南北其名了。

原來紙鍔還是花翎頂戴，有什麼話可說！

我不能把所有這些都對丁副市長說。否則，把他的銳氣磨光！幸虧他還有點銳氣……

他悶聲不響地聽我「顧問」了一大嘟嚕話，拉著我的手，「走，咱倆去逛逛廟前街的夜市……」

太守有此雅興，鄙人自然奉陪。

廟前街的青石板路和一溜百年以上老宅子，老鋪面，是我和省裡幾位建築師喊破了喉嚨才算保存了下來。否則，早就拆遷了。

這也算丁副市長採納鄙意，從善如流的政績。

可不是麼！就那石板路下的陽溝和陰溝，比不上都江堰也決不差於洛陽橋。幾百年前，工匠們便在地下構築了科學之極的明渠和暗渠。光聽那雨後的琤琤琮琮，也令人嘔掉了一肚皮鳥氣。

我們兩人興致很高。

高低錯落的粉牆灰瓦。老字號，新鋪面，黃昏時刻的薄霧和霧裡逐盞亮起的街燈，看著也心曠神怡。

靠石橋一帶的鋪面，鱗次櫛比，都賣吃食。

這帶吃食，並無大特色，南北雜陳，不南也不北。就像這帶人，看不慣上海人和廣東佬，罵人家洋貨！也和北方人格格不入，說人家土佬。

一路走去，我忽然異想天開，如果考證這帶的傳統吃食，包著餡、裹著餡、嵌著餡、鑲著餡的玩意兒特多。餛飩、餃子、湯圓、粽子自不必說，連雞腸、鴨腸也能塞進比它們更細的粉米。甚至豆腐，都費時費心地嵌進了肉末蝦仁，嵌得嚴絲合縫。就這材料力學的學問，做成公式會讓人大吃一驚。

考據歷史，這帶從來是兵家必爭之地。中國歷史上，割據對峙的時候，此處的刀光血影始終未見停息。按常理，常年兵荒馬亂，頻於逃難的黎民百姓，哪有閒工夫去細作細模地朝這樣那樣的肚裡填進另外的那樣這樣。……果若是傳統，簡直能從風味史考證到戰爭史甚至哲學史。莫非從曹操南征、孫權北伐那個年頭起，就造就了老百姓驚人的涵養：你打你的，我吃我的，越是打得凶，越是吃得精。

這種存在，難道不反映在意識和性格上？用褒語：寬容，含蓄，蘊藉；用貶詞：鬼心眼兒真多；不貶也不褒：此人頗有城府。

啊！偉大的祖先，留在肚裡的餡真不少啊！

聽說太守老弟今天中午那頓飯吃得窩囊，我就拉他鑽進一個小鋪子，兩碗餛飩，兩客春捲，吃得他胃口大開，差一點拍案長嘆：「何似在人間。」

本該分手，卻意外碰著在石母湖的島上看守航標燈的小老太，一口沒有改味的浙江口音，「唷！你們又是微服私訪……」我趕緊聲明，洪某人從來只有青衣小帽。

經介紹，她叫鐘嫂。

正說著話，一個小伙子跟了過來。鐘嫂的兒子。

不知怎麼一番嘀咕，鐘嫂對太守大人說：「我連夜要回去，不知道阿寶有福氣乘一趟副市長的小轎車？」

看樣子，是她兒子在咕搗娘。

「好吧！我們也想看看石母湖的夜景。」丁南北說著就在附近搖了個電話。

他說的我們，自然包括我。

月下的石母峰，我忽然覺得有點詭譎。

也許因為鐘嫂的兒子。他的眉宇之間便藏著說不清楚的詭譎。

既然來了，喝一口新茶，沁人脾腑。

有一搭沒一搭的閒聊中，知道了鐘嫂和許屏以及許屏的女人，有著近三十年的交情。

原來這個神秘的島子還有過如此這般的歷史。

我對鐘嫂說：「如果你是會稽人氏，你們家鄉有句名言：會稽乃報仇雪恥之鄉，非藏垢納污之地。……」

當然是深奧了點，不由得我從這典故引申到了吳越之爭的故事上去。

憑心而論，我是不太喜歡句踐這個人物的。

都怪自己多嘴多舌，把個鐘嫂的兒子聽得眉心糾成了一個結。

我倒很想認識一下許屏的夫人，丁南北把她描述得頗有點傳奇色彩，可惜失之交臂。她剛搭夜班車去海陽縣了。

回來的路上，太守大人忽然問了個奇怪的問題。

「夥計，你真該繼續學歷史的，為什麼改行搞建築呢？」

「第一個念頭和你差不多，有感於中國更缺乏物質文明。」

「還有第二個念頭？」

「我覺得歷史像一本剛剛印好就匆匆合上的書，新的一頁總沾著前一頁的油墨，稍不留神，就讀糊塗了。」

「但總歸翻到了新的一頁呀？」

「但願你不要讀糊塗。」

丁南北呵呵地笑了起來。「閣下，能否不抽煙？」

我沒有應他。

眼看著煙斗裡微紅的火星在黑暗的車裡，漸漸地變成了暗褐色。這是一種樂趣。

K　朱競芳

海陽並不靠海。山有幾座，都不高，連連綿綿，就像趴在地上的一條大蜥蜴，當地稱為龍崗。我偏偏不喜歡這個龍字，給歷朝歷代的皇帝糟蹋夠了。

這裡古建築的確不少，真正可看的是那座塔。當地人卻喜歡誇狀元牌樓。狀元，有名有姓，給縣志增光添彩，塔，雖說有個活佛金身，對外地遊客，是看個稀奇，本地早就不當一回事。打聽起來，輕描淡寫地應一句：「不就是五塊錢看一眼的殭屍麼……早前不要門票。」

活佛的金身，就是一具鍍滿金箔的木乃伊，圓寂在一只極大的缸裡，因為要賣門票，便抬了出來，安在一個漆得紅紅綠綠的神龕裡，罩上玻璃，原來的那種神聖和神秘都沒了。就像一隻風乾了的猴子的標本……

為這，許屏又掛念得近乎神經質，就像當年掛念他的獐子。「怎麼可以這樣對待一個菩薩……那是尊活佛呀！」幾乎每次我去，他都痛苦無比地重複相同的話。最後一次，兩個月以前吧，聽他的聲音幾乎哽咽。「糟了！活佛被什麼蟲子蛀了……」

我被他講得汗毛直豎，蛀蟲居然蛀蝕了風乾百年的活佛的肉，而且是鼻翼，和耳朵。自然是這兩處最先受害，肉薄麼！蛀蟲也懂得從哪個要害處著手，不過牠留下痕跡。而人傷人，往往了無痕跡。我雖然渾身雞皮疙瘩，卻不願和這個呆子討論這樣的問題，怕又引起他的頑症，收起你的悲天憫人吧。佛都顧不上自己！

這次去，又談起了那尊活佛，少有的神采飛揚。

「他們把活佛收起來了，不再展覽賣錢了。」

這值得如此高興嗎？

他說的「他們」，永遠不清楚是何許人，反正是管這樁事的幹部。或者叫官吏。我猜想一定是哪一位文物專家對高一層的「他們」提了意見，高層當然知識多點，大概發了火：「讓一個金身活佛，爛鼻子爛耳朵的展覽，不丟咱們縣裡（或者是市裡、省裡）的面子嗎？」下層的「他們」不敢不執行，心裡卻老大不情願。五塊錢一張門票，小金庫指望它呢！是不是這樣啊，我的傻男人！

他的回答大大地出乎我意料。

「是我勸他們收起來。他們終於採納了我的意見。」

居然採納了許屏的意見！一個勞改犯的意見！

我禁不住地大笑。「你真了不起，佛，超度眾生，而你許屏，居然超度了佛……你不是說傻話吧！」

我到管教幹部那裡打聽，果真如此。

管教所的所長，便是看小人書的那位，一輩子也沒有離開過犯人，平心而論，是位難得的好所長。

「是這樣的，朱老師……許屏答應他們，用石頭刻一個佛，人家沒有理睬，說石頭的賣不了門票，於是許屏又來找我，想找一個做蠟像的。好在我手下的五百羅漢，降龍伏虎，偷雞摸狗，啥人才都有……哈哈哈哈……。」

所長笑得很有感染力。

這便成了一樁買賣，勞改隊有個做蠟像的師傅，原先是博物館的，據說犯了強姦罪。這個蠟像做得以假亂真，照樣可以收門票的。管教所便每張提成五角錢。

據說這個犯人很有經濟頭腦，應該說是生意頭腦。

「我做成功，能不能減點刑呢？」所長回答了。「可以減！這符合政策嘛。」

我也趕緊問：「那麼許屏？……」

所長把一個文書打發走了，悄悄告訴我。「老許這點事，十五年，判得太凶，照我意思，早就放了。……」

「現在不就是你一句話麼。」

「朱老師，實話對你說吧！我在前年就向上頭打過報告……可是我也端著公家飯碗呀。管我們的局長訓了我一頓，那怎麼行，許屏犯的啥罪你不清楚?!別讓我犯政治錯誤吧？我心裡想，你這熊局長，在島子上也在老子面前點頭哈腰過。……」

我馬上接嘴：「這位局長大人想必當年也老老實實拿張紙，挖兩個洞……」

「沒有錯！帶紙銬時，比猴子還機靈，利索之極。」

我暗自冷笑。

所長索性挑明了。「你的老頭……」

啊！許屏已被稱為我的老頭……

「……是啊！你的老頭不就是為那些沒有骨氣的出口惡氣嗎，好心腸讓沒天良的狗吃了。虧就虧在人家用紙頭，他動了斧頭……」

和鐘嫂一模一樣的口氣。搬出法律條文，確實沒有那條刑法是對著一張紙、兩個洞的，何況還是你自覺自願地伸進自己的手……

所長嘆口氣。一連幾聲地安慰我。「朱老師，只要我在這裡管，許屏吃不了虧，你放心……不過，明年我就退休了。……」

是啊！都要退了，離了……新上來的一茬重新三把火，誰知道怎麼燒呢。

一切都決定在今年，掰著指頭數，還有七個多月。

我就把最近和丁南北商量過的辦法告訴了所長。

「丁副市長出面，敢情好。抓緊吧……不過，我也透給你一點消息，上頭最近來過電話，不明不白地問起許屏『改造』的情形。我當然揀好的說，問的人說了句：『改革開放不是否定無產階級專政，唔？』又不明不白地掛斷了。咱這裡的事呀，蹊蹺多著，你託了這頭的關係，有時反而得罪了那頭。……朱老師，反正上頭一鬆動，我這裡有一百條理由讓許屏劈山救母去。」

我尋思著他的話，託了這頭，那頭反而翹得更高。

難怪神話中的法律之神是蒙上眼睛的。

不管怎麼說吧，這趟看見的許屏，心情和氣色都正常了許多。眼睛裡又閃爍著靈光。

望著一群剃光了頭、穿著一色黃粗布號衣的勞改犯排隊、集合，咿咿唔唔地吼著聽不清歌詞的歌子。所長形容為五百羅漢，還真有這個意思。可能有人會說，這是褻瀆神明呀！

我可不管，我的男人便是真正的羅漢。

蒙所長開恩，允許我和許屏逛逛那座石塔和邊上一所塌掉一半的廟宇。

廟宇裡有個羅漢殿，殿上供著五百羅漢像。

我指著許屏的「黃馬褂」：「你的號衣是三一九，咱們從這數起，數到三百十九個，看看是什麼模樣？」

他樂呵呵地笑著，由著我攙他的手。

「你閉上眼，我叫你睜開你再睜開！」

他聽話地閉上眼。

我的眼淚一下子汪到了兩腮，認識他三分之一世紀了，還從沒有這樣地閒情逸致過。

這不公道的世界，總算補償了我們這個半天。真正的開心。

我們是真正的戀人！菩薩作證。

我一、二、三、四……挨個兒數過去，他磕磕碰碰地跟著我走，真閉著眼。太可愛了，說到做到。

數到了三百一十九。我大樂，喊道：「你眼開眼看，活脫脫的一個許屏。」

他眼開眼，果然愣怔了。

大多數羅漢像都塑得圓滾滾，胖乎乎，唯獨這一尊，瘦長的臉，瘦長的身子，露裸的上身，肋骨歷歷可數。

我又看了這羅漢的署名，字跡已剝落得只辨清三個字：

「……難尊者」

從來不相信前身後世的我，驚呆了，驚得汗毛都像豎立了起來。世上真有如此巧的事。那一刻，我比從來迷信的人更加迷信，冥冥之中彷彿真在我這一生中碰上佛的化身。它屈一膝，盤一腿，一隻手搭在那隻屈起的膝蓋上，另一隻手很瀟脫地似抬非抬，活脫脫的一個許屏蹲在崖上的模樣。

於是，便按捺不住地提到了石母湖開發。原先我是不打算告訴他的，生怕他又癡迷起來，勾起無端的幻想和著著實實的災難。

但今天是大吉大利呀，碰到了許屏的前身。

我告訴了他這十幾天的奔波，他的老同學丁南北的許諾，以及德國佬對他藝術的欣賞，正在談判資金和合作的計畫。開發是決無疑義了。他朝思暮想過的石母峰，有希望開鑿了。

我滿以為，他會聽得神采飛揚，聽得兩枚修長的手指會在空氣裡彈出音樂，雖然這雙手已折磨成了岩石，但依舊靈氣十足。

我望著他的臉，等著他的眼睛炯炯發光。

我盯著他的瞳孔，希望從中能看見他自己構思的石母的雕刻浮現出來……

但是沒有。他平淡地微瞇著眼。

或者是壓根兒不信我的話，以為我在哄他。

我越看，越覺得他的目光竟如此古奧！古奧得像哲學。

我無法形容……

就像賈寶玉失去通靈寶玉，黛玉、寶釵、襲人、賈母，一個個心急如焚、要死要活的形象，都躍然紙上，唯獨賈寶玉，沒有從紙上跳出來。連大作家都覺得筆底功力不夠，何況我！

他的目光顯得遙遠無比，彷彿看到的不是這個世界，而是世外。

我催他：「你說呀？說呀！你就不想石母峰了？」

他輕輕地彈動著手指，講出了一句話：

「造化無極，原是什麼便是什麼吧！」

天哪！他真成佛了，說起話來都像箴言讖語。

我著急了。我還是凡人。

「不成！許屏，你得做思想準備，可能馬上會把你借調到我們市裡去……市裡已經成立了石母湖開發區籌備小組，組長便是你的老同學丁南北。」

一大堆的世俗語言，什麼「思想準備」，「借調」，「開發區籌備小組」，「老同學」……我想把他轟回來，回到紅塵。

「許屏，你聽著，你一定要爭這口氣！讓你的石雕立在石母湖裡，永垂不朽。難不成你自己這二十幾年的罪白受了?!嘔心瀝血的創作也白搭了?你老婆陪著受的苦難也活該了?!」他越超脫塵世，我便格外塵世，我竟然成了悍婦：「……我要和你沒有完，你忘掉了石母峰，我永生永世恨你。不信?你等著瞧！我一頭撞死在那塊大石頭下。」

我急得把一腮淚水全揉在他的囚衣上。

他依舊是那種眼光。古奧得像哲學。我讀不懂。

我只好又換了口氣。「許屏，你當初一斧頭砍的誰?記得麼！那個不陰不陽的魔鬼張狂著呢，他想擠進石母湖的開發工程裡去，你能讓他麼，讓他糟蹋?把你心裡的娘糟蹋得三不像！嗯?……」

一個娘字，讓他的眼眶微微一眨，有一滴淚的微光。

他又說了句話：「一切有為法、如夢幻泡影，如露亦如電，應作如是觀。」《金剛經》裡的一句話。

我明白了意思，可以解釋為：「世上的事情，原來怎麼樣便怎麼樣，你想怎麼著便怎麼著吧！」

在他的心目裡，斧頭呀，紙銬呀，鐵銬呀，喧喧嚷嚷，沸沸騰騰，陰陰陽陽，鬼鬼祟祟，都當是夢幻泡影罷了?!

你罷，我可不能罷！

我一氣之下，轉身便離開了那個鬼地方。

那尊活佛，那個木乃伊，那個耳朵和鼻子都被蟲蛀掉的乾屍，招來了那麼多香火，把人薰成鬼了！

鬼迷心竅的許屏，竟然還出什麼餿主意，用蠟來做一個假古董。這也是「如是觀」？不過他真像羅漢，穿的囚衣成了袈裟。

我拚命收攏自己的怒氣，真有神明的話，我可大大地褻瀆了。饒恕我吧，菩薩。

顛來晃去的去，又顛來晃去地回來。

都是夜班車，頭昏沉得厲害。直到踏上廟前街的石板路，聽著石板下的汩汩水聲，才清醒了點。

忽地裡，被一雙很細的眼睛盯著，帶點阿諛的目光。

還有誰能用這種目光看我這個潦倒半生的徐娘？

喔，想起了，是那天和阿寶談租不租房子的房東，大背頭，閃亮的一顆金牙。

我沒有搭理，他倒是想攀談的樣子。

我已經走遠了，人家卻從店鋪追出來，搶上幾步。

「阿寶他乾娘！」這樣的稱呼使人發笑，倒是打發了心中的一團煩惱。我回應了一個很古怪的笑。

「沒有錯，我沒看錯，您是阿寶他乾娘……」他習慣性地掏口袋，摸出一包煙，想想又不合適，便又塞了回去，那是一包「紅塔山」。

我的眉毛擰成問號已是語言。「怎麼稱呼您？」

「敝姓劉……」他又摸出包煙，從另一只口袋，自己點著了抽一口，是「大橋牌」，非常大路的一種。這點時間，夠他斟酌了字句。「您不認識我這種小百姓的，是你的乾兒子在和我談生意。算不上什麼生意，就是想租我那兩間鋪面。」

「我不太清楚他的生意。」

他看我像急著走，忙說：「告訴你乾兒子，價錢好商量，好商量……」

我站定的話，他會有更多的話搭訕，但我走了。

坐上渡輪，我又整個兒地想著阿寶，這團從我身上掉下的肉，我從來沒有認真地打量過。他正在長發頭上，長身體也長社會閱歷。現在，居然想做生意了。生意場上的事，不是你把他揑扁了，便是他把你搓圓了。我該關心一下，但又從何關心。真如鐘嫂所說，他知道了自己是什麼種，娘又是什麼樣貨色，關心?!他不關心你就夠客氣的了。

看起來，阿寶的肚腸，不止九曲十八彎，畢竟不是許屏的種。他是在紹興師爺的圈裡長大的。

反正娘兒仨，都在演《三岔口》。

回到島上，告訴了阿寶，那個大包頭要我轉告的話。

他應了聲，說了句「再熬他幾天……」便出去辦什麼事了。連一聲「乾娘」都叫得乾巴巴。

我坐在窗前發呆。望著阿寶在山坡解開舢板的纜繩，盪起槳，槳打起一圈又一圈的波紋，兩隻翠鳥追逐著漩渦，紅嘴起起落落，啄得我心裡一揪一揪的……

鐘嫂給我倒好熱水，要我擦個澡。

洗就洗吧，我懶洋洋地脫衣裳。

鐘嫂見我光著身子跨進木盆，嘖嘖兩聲。「儂這身材，啥人看得出近五十的人呀……」便掩上門。

隔著門，她問許屏的近況，我漫應著，「蠻好，蠻好！」心裡卻不是滋味，想講許屏說的那幾句胡話，鐘嫂肯定以為他又犯了魔，說話成了天書似的。不想講，實在憋得發堵，便扯到了阿寶身上。

鐘嫂在門外說：「昨天是丁副市長的小轎車送我們娘倆回來的，是阿寶叫我開的口。」

「你們啥時候碰見丁南北的。」

「昨天傍晚，丁副市長和一個姓洪的工程師逛廟前街，吃餛飩，早知道，我來做一頓請他……」

隔著半掩的門，有一句無一句地說著。

阿寶在我心裡慢慢地清晰起來。就像又懷上了一次孕。

肚裡泛一股怪味，想吃一口爽口的東西。

鐘嫂在外邊還在講：「人家丁副市長是買你和老許的面子！阿寶在他面前，乾娘長乾娘短地說不少話，這只鋸嘴葫蘆倒也有伶牙俐齒的辰光。」

「丁南北還說了些什麼？」

「阿寶說，丁副市長，您為我乾爹的事費老大的神了。我們全家都感謝您。丁南北笑著對洪工程師講，『兒子倒一點也不像老子。許屏的嘴有他一半甜也不至於倒這麼大的楣。』」

「這不等於告訴阿寶，丁南北肚裡一清二楚！」

「是呀！我也這樣想，著急著搶白一句：『丁副市長，人家是乾兒子……』」

「越描越黑！」我恨不得把這個澡洗進五臟六腑。

勾腸債呀！

L　伍素碧

丁南北送來了一份報告，請求重新甄別許屏案件。

我沒有看錯人。這個副市長是越來越懂得政治了。給我的報告是副本，正本是作為政協的提案轉交人大政法委員會。這條渠道，盡是些饒舌的知識分子，最懂得打擦邊球，引經據典地鑽空子。這信息時代，確實不像以前：一個什麼最高指示，甚至一個長官的意志，便能堵住人家嘴的。不得不承認，人家的書讀得比我多。

丁南北是有他的班子的。這個班子比圍在我周邊的那群馬屁精強。不是強一點點。就他的老婆，便夠對付的了。丁南北敢這樣明目張膽地為一個勞改犯喊冤，八成是劉婷的膽子。這膽子，還有他老丈人的牌子。省人大常委會副主任，不說話也比說話強。

昨天晚上，把許屏的檔案又調了出來，從什麼肉票起一直到判刑十五年，都是我伍素碧批示的。

回頭看看，也確實有點荒唐。要不是李燃說我「荒唐年代荒唐事，糊塗官判糊塗案」，我也不願把這個惡人做到底，早早地放了那個藝術家，早早地調他到文化館或美術創作室……事情也許和我伍素碧不相干了。

但是，鬥爭是決不能退讓一步的。叫它階級鬥爭也罷，叫它政治鬥爭也罷。

紙鑄，是這場官司的關鍵。真虧伍玉華這混蛋想出了這麼缺德的玩藝兒。摸摸良心，觸觸靈魂，的確是對人格的侮辱、對人的尊嚴的傷害。小時候，讀私塾，便知道了士可殺，不可辱。現在，人家搬出的法律條文，也有侮辱人格罪的指控。不過目前尚無詳細的規定，依舊是泛泛的道德教義。但是這條法律的細則馬上就要討論了。市裡的「立法院」，我雖然還管著，但越來越多的人是不大會買我的賬了。伍素碧這管筆最多再管幾個月，和李燃一樣。我們面和心不和的日子也都只有這幾個月了……

嗬！一個晚上抽了那麼多煙，一口假牙都燻得發了黃、發了黑、發了污糟糟的顏色。虧得是假牙，脫下來，認真洗一洗，便又像磁、像玉。

人的思想也能像假牙那樣就好了。想換腦筋，只需要卸出頭顱，用什麼藥水擦一擦，洗一洗便光潔鮮亮。

這種藥水，以前有過。叫做「思想改造」。現在看來，屁用也沒有。所謂「改造」便是權力。哪個搶到了「改造」別人的權力，便是勝利，便是仕途。哪個攤上了「被改造」的身分，就倒楣！

我經常暗自慶幸，自己比別人早了一點懂得抓這個權力。最初決不是為做官，是為革命。記得和我哥哥一起到延安時，我才十四歲。

我是我們那個小縣城的女秀才，最早接觸革命的聖火，第一把聖火並非馬克思和列寧，而是一本外國翻譯過來的小說，講一個女革命黨人，被人告發了，抓到了俄國沙皇的秘密警察手裡，種種酷刑也沒有逼出她吐出一個同黨。於是祕密警察採取一個惡毒之極的辦法，把她打扮得像一位貴婦人，坐在警察頭子的身邊，駕一輛最最招搖的馬車，在彼得堡的大街小巷裡兜圈子，結果是被自己的同黨，她的戀人射殺了。自然，戀人被抓，革命黨人被暴露。

我被這個故事感動得熱淚盈眶。我一生中難得有的一次掉眼淚。

我曾經把這個女革命人當作了追求的偶像。

在延安整風中，我被公學裡一個同班同學告發，說我看的那本小說是「托派」小說，又說是「無政府主義」的小說。

我被審查。為了革命隊伍的純潔，我告發了自己的親哥哥，是他給我看了這本小說，和別的差不多的小說。

於是，我成了整風運動中的好的典型。把我帶到革命聖地的哥哥，從此在數不清的政治運動中翻來覆去地被改造，成了一塊烙糊了的饃；或者叫鍋奎，陝北人的一種乾糧；也或者叫壓縮餅乾，隨便什麼人肚子餓了，想到它，都可以啃一口，啃到了沒滋沒味。

我未嘗沒有為自己的親哥哥喊過冤？但一次一次地為了「革命的純潔」，已經合理得讓心靈裏上一層厚厚的老繭，革命者手上長繭，心上也該長繭……

我懂得了改造的厲害，所以必須牢牢抓住「改造人」的權力。這個思想已經成了我神經中樞的總開關。

再過幾個月，這總開關得閉上閘，不再使用了。

跟我屁股後面的一幫人，都巴著我在閉上閘之前再給他們一點施捨。現在，伍素碧三字還算數，批上「同意」，就可能意味著工資升一級、房子調一套、車子換一輛、兒子進機關、孫子進幼兒園……，而「不同意」，就意味著此人在伍書記任內，甭指望科長升處長、處長升局長……

我在那麼多的人的卷宗上落下那麼多的筆跡。就女幹部來說，像我這一筆字的還不多！但伍素碧也是個小小的書香門第出身，肚子裡有點墨水，四書五經、唐詩宋詞都還記得些。諸葛亮的〈出師表〉、文天祥的〈正氣歌〉至今還背個差不離。

我何嘗不知道「紙銬」意味著什麼？

意味著幹部素質。

現在，有那麼幾個局長處長，聽到了些風聲，變著法兒地開脫自己，涎著臉地到我跟前插科打諢：「伍書記呀，聽說又有人要翻陳年老賬，玉華同志給我們帶紙銬，算什麼迫害呀！就像我們玩一場撲克，輸了，臉上、鼻上貼幾張紙條嘛！撕幾條報紙邊，沾一點唾沫，開個大玩笑，誰當真來著……伍書記，您放心，有人再掀老底，我們也不會客氣……」

我那時的表情是怎麼的？反正不會喜怒形於色。控制臉上的肌肉，我能夠做到。但我心裡真想狠狠地訓他們一頓。

「你們讀過文天祥的〈正氣歌〉沒有？……在齊太史簡，在晉董狐筆，在秦張良椎，在漢蘇武節，為嚴將軍頭，為嵇侍中血，為張睢陽齒，為顏常山舌……」

保證他們會當成天書。當成伍素碧發神經了。

唉！這批窩囊廢的素質！

要不是伍玉華是我的兒子，我現在該積積德的。

不就是讓一個藝術家脫掉勞改服麼！

對我來說，現在正是舉手之勞。

我又何必不在丁南北面前，賣他一個面子。

但是這結果是什麼呢？十四歲時，告發了自己的親哥哥，六十四歲時，再把自己的兒子推上被審查甚至被審訊的位置？……

我真成了個老妖婆了。我曉得，背地裡有許多人在罵伍素碧「老妖婆！」「老左派！」「老殭屍！」

那就讓他們罵到我進棺材吧！

我那個混賬小子，太嫩！卻又裝得老練！自以為在這個市裡面呼過風、喚過雨。一張紙，兩個洞就把老傢伙銬得服貼了！只要他老娘的名字不起作用了，有他的好日子過呢！

這個混賬，居然敢偷錄丁南北和朱競芳的談話，還得意洋洋地以為抓了什麼小辮子。我只當不知道！其實都聽了。你偷聽了人家，我偷聽了兒子的偷聽，負負得正。正的全在人家那面！真地公開放給全市老百姓聽，不把你伍玉華扒掉張皮？

怎麼我伍素碧生了這麼個淺薄的兒子。

他，三十出頭，連個女人都沒有。女人看他是娘娘腔，男人看他是太監相。

有人在我耳邊刮過風，說他在搞同性戀。我一拍桌子，「混蛋！我們那樣的家庭，會出這種事麼！」

但是，我心裡也犯嘀咕。動不動就扭屁股，禁不住就逼緊嗓子擠出幾句旦腔旦調……

那天，我做得太過份，跑到建設局去發了通無名火。沒有給自己留個臺階下……

現在，馬上要回訪德國，連日來在我耳邊絮絮叨叨的人，都想到國外去開洋葷，我掰著指頭數，哪一個都不是料。這些人肯定也活動我的兒子。或者說，要挾伍玉華。「小子！在一張紙兩個洞這樁事件上，我們幫你的忙，這會兒你不給交情可不行……」

他們滿以為我伍素碧會把丁南北拉下來，讓伍玉華帶隊到法蘭克福和漢堡去呢！有的老混蛋已經打聽漢堡的紅燈區了，說是僅次於阿姆斯特丹，世界第二……別的方面狗屁不通，這方面倒信息靈通。

我決不鬆口的。豈能讓他帶隊去回訪德國？非把這樁交易砸了不可！

自然還是讓丁南北去。他可以跟去。跟丁南北修好點雙邊關係。

這個報告呢？

重新甄別許屏案件？

先將許屏保釋？

暫時借調，監外服刑？

一切都涉及到紙鎊。我難道不明白，原來的解釋——是為了保護老幹部，保護革命最珍貴的財富——將會隨著法律的完善，越來越像一副假牙，打磨得再光潔，像磁、像玉，畢竟是假牙。真正牙齒已經是一個個黑洞洞。

現今的中國，「改造人」的權力也已經在變，變得焦黃，變得黑褐，變得鬆鬆垮垮。咬狠了，反而是自己將牙齒咬脫，變成一個黑洞洞。

有了！我特意用了毛筆，蘸滿「一得閣」的墨汁，在丁南北的報告上批下了幾個字：

「請李燃同志考慮批示。人員稍作調動……」

吹乾了墨，這一手字還過得去。小時候，畢竟練過幾天《星錄小楷》。

M 副市長丁南北

這座美麗的城市裡，要說最不美麗的場所，該算政府大院了。

本來有點起伏曲折的小山城，隨便找個拐角都會曲徑通幽，自有種綠蔭蔭的美，蒼翠的山，繞城的湖，在日益沙漠化的神州大地，這座城市是少有的植被豐滿，從飛機上望下來，竟像一塊土黃的毯子上洇濕了的一灘綠色水漬。

可是市府大院偏偏選擇了一塊平淡得不能再平淡的平畈。樹木也少得可憐，整個一座水泥的林子，高過十層的樓房叫做塔樓，清一色的灰色，排列得像一支支乾枯的毛筍。六層以下的叫做板樓，紅磚砌的牆面，單獨列了一個方陣。

塔樓是處級以下的幹部宿舍，板樓則是局長以上的高等公寓。

我原來住塔樓，升任副市長之後，行政處幾次三番要我搬板樓。我和婷婷都沒有想搬的意思。一拖再拖地拖了下來，拖出個丁南北平易近人的虛名，實在是抬舉了我。我之不願搬的理由講出來太可笑不過，只因為寶貝兒子喜歡塔樓裡的電梯。電梯是孩子們捉迷藏的天堂。

但是，兒子玩出了是非。

他聽說了紙銬，便在和別的孩子玩官兵捉強盜的遊戲時，當真做了活道具。逮住的強盜便戴上挖了洞的一張紙。

怪我疏忽，早就囑咐過的，只是沒有十分認真。第二個週末，上上下下，一大群孩子都玩起了這個危險的遊戲。

等婷婷發現，把兒子扯著耳朵拉進家門，事情已經鬧得風聲鶴唳。

現在，等電梯或鑽進電梯的人群裡，投向我的各式目光都冷冷的、酸酸的、澀澀的，也有苦歪歪的，像在求我：丁副市長，您別再提當年的傷心事，好嗎？

據說，板樓裡的大爺們已經起了哄，說我存心要踩在前輩頭上往上竄。「丁南北，你已經坐了直升飛機還不夠？給你坐火箭好麼！」「我們這些白髮蒼蒼的，再熬年把也讓位了。你個丁南北，就這麼急吼吼?!」那種目光，可想而知了。

我氣得按住兒子，就想揍他屁股。

婷婷狠狠一推，護住兒子，我卻跌進了沙發。

「你就這麼沉不住氣！是膿瘡，遲早要戳開的。」

說得輕鬆，戳開吧！

婷婷過完週末，帶著兒子走了，留給我的是滿天謠言。

最能引發眾人興趣的，自然是男人和女人的關係。

「那個勞改犯的婆娘，能把自己被窩裡的事都告訴丁南北，這是什麼關係吧！……」不言而喻，那婆娘已鑽進了丁南北的被窩。

「伍老太太已經把石母湖開發的差使換了人了。你們瞧吧，原來的人馬統統都要換了……」

「為一個勞改犯翻案！圖什麼？還不知道人家塞給丁南北什麼呢……」

知情人刮過來的那點耳邊風，氣得我心律陡增之後又陡減。我真想摘掉頭上那頂烏紗帽，衝到伍玉華家門口大吼一聲：「你這小子，有種的便把竊聽的帶子在廣播站放給全市百姓聽聽。你這個無賴、活流氓、不陰不陽的屁精！……」

我真想也拿一把斧頭。

撥了個通省政府的長途，把一腔怒氣和怨氣全吐給了婷婷。「……還不讓我在兒子屁股上出出氣！」我指望伍玉華能買通電話總機的接線員，這通臭罵，讓他全聽進耳朵。就是斧頭！

不錯，你活該挨斧頭……

婷婷卻笑了，笑得很開心。「你想要斧頭，到消防隊去拿一把吧，那種斧頭厲害……哈哈哈哈，真是書呆子。記住，斧頭不及紙頭，紙頭不及舌頭！親愛的，你不是老嫌市府大院單調麼，現在不就熱鬧起來了？咱們住在塔樓，推開窗戶看得又遠又多……好了，悶的話就聽聽你的貝多芬和莫札特……要不，看看窗外的風景……」

電話掛斷。

黃昏裡，我只有推開窗，讓屋裡進一點初夏的好空氣，否則，真把我憋死了。

我的對過，那轉角的板樓是伍素碧的家。

屋裡早早亮著燈，門前進進出出的人物，個個都像是「先天下之憂而憂」的模樣，猜想起來，無非是告丁南北的狀，或者是再聽點什麼被窩裡的事。自然更多的是走門子，在出國代表裡插一個名單。此其時也。德國方面已經來電話催促了……可不？原來走我門路的那位局長夫人也從伍書記家的門裡出來了，帶著她的能唱三首英文歌的女兒，女兒特意做了個髮型，儼然就要出洋的派頭。

我看得很開心。又打了個電話給婷婷。

「真的很熱鬧，婷婷，真叫做世態炎涼一目收啊！」

「你別給我文謅謅了。李燃已經回去了。你應該快點去看看他。他是從省裡坐小畫回去的。早該到了。」

我一面應著，一面還望著伍素碧的家。

潮水般進去的人，很快又潮水般退出來。

沒想到，伍素碧書記親自登上我的門。

開門，望著她永遠光潔的臉，以及少見的笑容，我竟有點誠惶誠恐。走道裡、樓梯上，走過的人都朝我的房門行起注目禮。

總不見得親自來興師問罪吧！

「南北同志的家我……好像是第一次來吧？是麼？」

我咿咿唔唔，不知應了句什麼，慌忙把她老人家引進屋，隨手打開了電燈。原來在黃昏裡我窺視人家，沒有開燈，不由得心裡產生股犯罪感。假使伍老太太說：「玉華竊聽了你們，你又竊視了我們，扯平了。」我一定會噎得滿臉通紅。

我手忙腳亂地不知道該倒茶還是敬煙，煙，我家是沒有的。

「遞個煙灰缸子給我吧。我知道你不抽煙。」她挺灑脫地坐進沙發，順手拿起茶几上的一本書：《萬曆十五年》。洪總工程師借給我的。

我找煙灰缸，她翻書。

總算把自己鎮靜了下來，她居然翻得很認真，像審查文件。我終於找到一只很舊的玻璃煙缸，到廚房洗去難看的煙漬，還聽到她翻書頁的聲音。把煙缸放在她身邊的茶几上，斜了一眼，她看的是中文版的序。也就是這位大名鼎鼎的黃仁宇教授為什麼寫這本書的緣起。

她點燃一支煙。「這個作者，我還沒聽見過呀！」

「是哈佛大學的終身教授。在哈佛，得到這個頭銜可是了不起的。要有全世界共認的權威著作。」

「怎麼我才知道呀，哼！什麼世界公認？中國的歷史中國還沒有認識呢?!是嗎？」

要命，老太太的官腔又來了！「是吧?!」我真想奚落她一句：「中國人自己認識多少自己的歷史呀！就考考你的兒子吧，能把商周秦漢排下來嗎？……」

「不是用階級觀念寫的，是嗎？」

我沒有理睬。平時，可能會敷衍幾句，今天，正憋著一肚子悶氣。你在審查黃仁宇是不是階級觀點，我在審視閣下為何光臨寒舍呢。

「喔，原來此人當過兵，肯定是國民黨的兵了。是嗎？」

我還是沒有吭聲，等著她發表宏論吧。

「這位作者不簡單呀，原來是先用英文寫成，再自己翻成了中文，文字也不錯。很流暢，嗯？」

我睜大了眼，該刮目相待了。一位青年軍官，退役之後去美國進修歷史，能有如此造詣，足夠引起咱們深思的。我又想奚落一句。「比起動不動『老子打天下時你在哪裡呢』的老子們如何？」

伍素碧畢竟是伍素碧。她又接上一根煙，合上了書，輕輕嘆了口氣。「隨便翻了兩頁，不論他的歷史觀如何，就這點做學問的工夫，也是了不起，是嗎?!」

居然有了共同語言，我又像當年看到了她的白色的藥箱，感動之後，又帶點警覺。

「很有意思，原來他是想寫明朝的錢糧史的，忽然引發這麼一個題目：萬曆十五年。是不是這個皇帝鬧更年期呀？呵呵呵呵……」

她笑的姿態比原先好看，原先是一嘴焦牙，她從來不敢張口朗笑，如今，換了口假牙，便笑得自然了。真牙時，笑得像假，假牙了，笑得倒真。我的思維有點進入了老莊哲學。

「是的！男人也有更年期的……」此話不錯，但算到萬曆皇帝身上便有點像伍玉華賣弄的味道了。我不必計較，也不必解釋。也許伍素碧是對的。皇帝非凡人，隨時隨地都會犯「更年期」。

「人哪，一犯更年期，說不清楚的難受。女人的更年期，有時能拖上一二十年，莫名其妙地想哭，想摔瓶子，一身一身的無名虛火。劉婷今年多大？……」

「比我小六歲。」

「那……也快了。當心點，這種時候向你發火、耍脾氣，甚至摔壜壜罐罐，你都要忍著點。是嗎?!」

我大為納悶，這位書記老太太，總不見得特地上門來和我討論「更年期」的吧！她真變了個人？

她繼續絮叨：「我更年期來的時候，正碰上文革，渾身那份難受呀，簡直要命！有時都想自殺。更年期的女人，要有個傾吐的對象。像地震，震過就完了，越是壓在心裡，這地震也就越厲害，厲害到了想用刀把自己的動脈割了拉倒。要不是這點黨性，還真不知道做出什麼蠢事來。」

我有點不耐煩了。已經替她倒掉一次煙灰缸，她卻還在一支接一支。

「做為一個女人，別人看我，也算個巾幗人物。這苦處有誰知曉？沒處發洩，沒處傾吐呀。孤兒寡母，在市裡都是遭人咒的人。南北同志，我今天是向你吐吐苦水了，你不要見怪。」

如此肺腑，幾曾聽過？我為自己的記仇感到難為情了。人都在變，伍素碧也在變嘛。眼下，這位老太太，挺慈眉善顏的，原來向上吊的紋路，都下垂了，一上一下，臉相就差遠了。至少從繪畫角度看，如此。

「就講講你寫的報告吧，」她端起了煙灰缸，站了起來。「這程序完全符合組織原則的。真如你的推薦，那個叫許屏的雕塑家借出來用也未嘗不可。石母湖開發，是市裡頭，當今頭等的任務，用什麼人材，你南北同志都可以作主，給我們打個招呼也行。……」

我真該感激涕零了。真沒想到從這位老太太的嘴裡得到如此令人滿意的答覆，或者說，批示吧。

她端著煙灰缸，踱到了窗前。

「從你這裡看我家還真清楚。你看見嗎？……」她這麼一問，我的心卻提到了喉嚨口。自己沒有抓住伍玉華竊聽我的話筒，而她，卻抓住了我的目光。

「嘿！現在的幹部素質！」她沒頭沒腦地說了一句，語氣痛切，溢於言表。這廣義的評論，也可能包括了我：丁南北。

我點點頭。捫心自問，這點水平要當個百十萬人口的副市長，確實惶悚，也屬於素質低的範疇。

她繼續講，大有恨鐵不成鋼的氣概。「……不就是要出趟國麼！考察一下人家的科技和旅遊事業麼！……也不知誰透出的風，說我把原來的名單撤換了。連你丁南北的團長也撤了。嗬！一下子那麼多人都削尖了腦袋，想叫我弄進考察團去。我恨不得大罵一通：一個個養得腦滿腸肥，想去德國開眼界？德國在地球的那邊?!」

正巧我寫字檯上有個地球儀，她狠狠一轉，球呼呼地轉動，平添了幾分威風。

「所以啊！我只把伍玉華叫來訓一訓。看看吧！你在文化大革命中保護下的這批貨色！越來越不像樣，丟人顯眼！這次代表團的名單，我是作了些建議，供你考慮。我想把玉華調到你手下鍛煉，鍛煉！他懂什麼外貿呀，成天在賓館裡陪吃陪喝，對他一點好處都沒有。交到你手下，我一百個放心。要說我伍素碧有私心，便這個私心了。南北同志，你對他要嚴格要求，他這個不懂裝懂的毛病，只有在有學問的人手下才會知道點深淺。石母湖開發，環境藝術上的事情不少，他畢竟學的是美術……」

我終於弄明白，伍老太太親自屈尊下就的真實目的。

她放下一只大信封。「這裡面有你寫的報告，也有回訪德國的代表團名單，我都批上了意見，最後麼，當然要請李書記拍板。李燃同志走了三個禮拜，已經回來了。我也可以卸卸擔子了……你拿去請他簽字吧。」

她走了。走之前很仔細地抹乾淨玻璃板上的煙灰，還親自把煙灰倒掉，沖乾淨煙灰缸。頗有點三大紀律八項注意的本色。

我禮貌周到地送到電梯口，正碰上會唱三首英文歌的女郎從電梯裡出來，嘴裡哼著不知什麼文的歌，因為嚼著口香糖。

我生怕她來找我，趕緊回屋。

桌上擺著大信封，信封上，是我寫的呈請審閱的題簽。

我看著它，有點暈眩，覺得它變成了兩個黑洞洞。我的兩隻手正在伸進去，伸進去……

一個黑洞是我想把許屏拉出來。

一個黑洞是要我把伍玉華拉上來。

我想，還只是想。

要我，卻是耳提面命的「指示」。

也是一副紙銬，也是一副紙的手銬啊！

我是十分盼望李燃回來。

但真要去看他，兩條腿不由地沉重起來。

他家也在板樓的圍牆裡，離我的塔樓，百步之遙。我卻踱著最慢的步子，繞了兩圈，思忖著如何談話，那只大信封夾在臂彎裡都濕了。

李燃在市裡的上上下下心目中，算是個受尊敬的長者。我自然更尊敬他。丁南北之有今天，八成得力於他。

有人在背後說：「丁南北活脫脫的李燃的影子。」雖有揶揄的成分，卻也接近事實。

和李燃相處久了，我自己也認為，他是會挑選像我這樣的幹部的。他不喜歡偏激和夸夸其談。比之同代人，他還不算迂腐固執。他憎惡以權謀私的利祿之徒，卻又無快刀斬亂麻的魄力；宦海沉浮的甘苦，他瞭如指掌，卻又比較地超脫；他識賢愛才，又怕鋒芒畢露。我和他也常常發生爭執。這種爭執，就像他用矛攻我的盾，我也用矛攻他的盾，而這矛和盾，都是一個衣缽的嫡傳。

為他設身處地想想，五四運動之後接受的思想閃電，能延續到八〇年代尚有餘溫，已屬難能可貴。況且，他還從來不在人前誇自己的光榮史。這也並非故作謙虛。這種態度，使他在幹部和老百姓心中，尤其是知識界，博得了比別的領導者高得多的聲譽。

他之對我印象不壞，就因為我的穩重，也比較超脫。凡私底下聽到市裡面錯綜複雜的人事糾葛，陳年累月積聚的明爭暗鬥，我往往淡淡一笑：「無聊！」這也是跟李燃處久了的潛移默化。頭頭腦腦聚會，正事談不上幾句便扯不盡的雞毛蒜皮，家長里短。李燃也這麼淡淡一笑：「無聊！」從他嘴裡吐出這二字，自然比我的分量大大不同，夠下面的人咀嚼和品味的，這便騰出了點他能處理正經事的時間。

不過，近兩個月，我逐漸看到，這個第一把手再斥之無聊的事兒，已沒有過去的分量。甚至疲塌到更加加倍地無聊起來。

在我身上使的絆子和造的謠言不正是無聊到了無賴的程度嗎！有人揚言，丁南北借著紙銬的事件，想大撈政治資本，好像我要把帶過紙銬的人不分青紅皂白，統統斬盡殺絕才甘心，連同李燃。

挑撥者的舌頭不會不捲到李燃的耳裡。所以他一直沒有打電話給我。也不急著問他最關心的石母湖……有人拽著我的矛，直指李燃……他正舉著盾……我這樣想。

婷婷和洪總，都認為，堵住長舌婦的嘴巴，李燃現身說法是最佳路線。

路線！路線！路線！……聽了幾十年的路線，頭腦都被絞得麻木了。

百步之遙的路線，我繞來拐去，足足蹀躞了一個多鐘頭。

不得不捺門鈴了。

李燃的書房亮著燈。看到了他的移動。

幸好，屋裡沒有別人。

他握住了我手：「南北！你的手上那麼多汗！從哪裡來呀？」

我脫口而出：「當然從家裡來囉！」

他上下掃了我一眼，笑道：「百米衝刺啊？」

我苦笑一下：「萬里長征！」

空氣自然了許多。

「您一回家就練字？」我斜了一眼書案，上面正攤著一張宣紙，寫著一首龔自珍的詩，才一半：「浩蕩東風白日斜，吟鞭東指即天涯……」墨跡淋漓。

「丟了幾個禮拜，要補補作業了……」

「你寫，你寫，書法就憑一股氣。」

「已經斷了氣啦……」

「重新寫一張！……」我幫著鋪開了另一張宣紙。

他凝凝神，落筆寫了那首詩的後兩句：「落紅不是無情物，化作春泥更護花。」順手揉掉了前面那一張。「其實就這兩句便好，布局還有點味道，你看呢……」

「唔！」我漫應著。「七絕，並不每句都絕。這兩句好！好！」

「怎麼樣？」他在圖章盒裡找了方印，很用力地印在名下。「……這……加個閒章如何？……」又翻來覆去地找了半晌。

我心不在焉地望著他，覺得他也在繞來拐去。

閒章印上了。我定睛一看，鐵線紋的四個字：「來不及了」。

他笑了起來，笑得很響，也很爽朗。

我聽著卻覺得有點悲愴。

他很欣賞的樣子。「真是『來不及了』，我這手字，再練，也成不了書法家，原指望將來退下來，給人家題題匾額，寫寫春聯，混口飯吃呢……」

我應道：「甭將來囉，現在請你題字的就不少。」

「那是因為我是市長，市委書記，李燃二字還算個幌子。」

太極拳打完了，總算把原先很僵的空氣，攪勻了些，攪到了可以進入正題的時候。

我和他都坐到了沙發上。

「李燃同志，我想匯報一下石母湖的開發……」

他點點頭，唔了聲，先講起來：「在北京和省裡，我逢人就講石母湖，還請幾位畫家和作家秋天到湖上看看。石母湖應當開闢成為第一流的旅遊景觀。旅遊，過去把他當成資產階級的奢侈品，真是愚蠢。早在孔老夫子時代，就提倡旅遊，暮春時，春服既成，童子五六人，冠者六七人，載歌載舞，活潑得很。我也是這年把才開了點竅。現在，世界上的發達國家，第三產業的份額越來越大。我們就要讓石母湖敞開雙臂，歡迎全中國和全世界的旅客。原來咱們的眼界太小，搞的方案不大器，西德那個公司，興趣大得很，北京的旅遊總局都曉得了。我就對他們講，你們也拿點出來呀，算一股……」

這位年近古稀的老者，一反穩健的常態，興奮之狀，溢於言表，我甚至覺得有點誇張。這種誇張，是為了掩飾內心的惆悵。正如那方圖章：「來不及了」。

所以，他話音一落，便有一種蒼涼的餘音在繚繞。

這種興奮和熱烈，都像暮靄裡硬撐出來的夕照。畫家決不會用燦爛的色調塗抹它的。

我甚至覺得，對他是一種自嘲。

而對我，是一種挖苦。

既然李燃從北京回來時經過省城，而且耽擱了幾天，並且回到市裡也有些時間了，照他平時的工作作風，是不會不知道石母湖的規劃——小家子器也罷，大手筆也罷——都和我丁南北不大相干了。

伍素碧「調整」了的名單，把洪總和一位園林專家都劃掉了。至於許屏，已成為交換伍玉華的人質。讓他們放在一起，比放逐許屏、徒刑許屏、死緩許屏都更加殘酷和荒謬。如果我帶伍玉華之流去德國回訪，除了吃名目繁多的香腸，喝種類齊全的啤酒，偷偷摸摸地看紅燈區，還能做什麼！石母湖的開發，即使是人間仙境，也會讓一群膿胞攪成了秦淮河，脂粉沉積、又黏又稠的秦淮河。

難道要我背上這個爛包袱，讓後世人永遠罵我，也罵你李燃？

我真想大聲嚷道：「我已經無所作為了。」

我想找個藉口告辭，讓他去品嚐伍老太太塗抹過的「規劃」吧！

我忍受不了這種難堪。像一個變態的導演，硬把悲劇當成喜劇去演。我怕聽他在講話時不斷插進去的笑聲，乾澀又帶著痰音。

我不安地欠欠身，把那個大信封放在案頭。

李燃擺擺手：「這麼著急走？」

他已怕孤獨了。但是我僅僅為了陪他消磨孤獨？倉促告辭吧，又傷了他的心。我猶豫著。

他終於問道：「許屏的老婆和你講了……」

「嗯！講得十分詳細。」

他點點頭。沉默了半晌。

情。

我呆呆地望著他的臉，他臉上皺紋變深了。埋藏著一種從未見過的表情。說不清楚的表情。

「你問清楚許屏為什麼行凶的緣由了?」

「我想您早已知道。」

「我是問你自己的調查結果。」

「我認為，朱競芳講的都是事實。」

「你認為許屏所以行凶的心理，合乎邏輯麼?」

我沒有回答，目光是怨懟的。

「為什麼不回答?」他的目光有點咄咄逼人。

我的怒氣和積怨一下子衝著腦門。

「你何必問我呀!」我嗓音明顯粗了。「朱競芳和我的談話統統被人竊聽了，錄在錄音帶上，人家遲早會放給你聽……」

「唔?」他眉頭擰成一個結。

「你不信?這是事實。」我把發現話筒的始末統統給他講了。我再也憋不住，連不成句的話像控制不住的洪水，漫無邊際地亂淌。我已不顧上下尊卑，把朱競芳描述的許屏，把許屏如何從一個悲天憫人的性格變為殺人凶手的心路歷程統統講了出來。「……我真希望竊聽的賊更加有種，把幾個鐘頭的錄音帶全部放出來，放給市裡的頭頭腦腦聽聽，不都是因為一副紙銬！……自己被玷污，卻不敢聲張，由著伍玉華顛倒是非……」

講到紙銬，我心一顫，後悔莫及。

我原本是下決心不在這位長者面前提那張挖了兩個洞眼的紙的，話既然出口，已收不回來。

我帶點懇求地說：「李燃同志，我並非慧眼，也並非事後諸葛亮。放在二十年前，我自己也恐怕會老老實實地把手伸進紙窟窿。但決不致於把肉麻當有趣，涎著臉去抬姓伍的轎子。從這個紙洞洞裡，難道還看不透一種可怕的危機，人才危機！」

我激動得嗓子都啞了，而且汪出了眼淚。

我強迫自己冷靜下來。且聽他老人家如何批評吧。丁南北難得的頂撞上級，難得的使性子。難得舉起你李燃傳授的矛！

他從椅上站立起來。「你們畢竟……」他停頓了話頭。聲音很厚重。

我惶悚了。即使說我「畢竟太嫩」，我也沒有辯駁的膽量。剛才一通發洩，已經洩得虛了。

他講出下半句：「……畢竟比我有膽略。」

膽子是壯過那麼片刻。略，謀略也，從何談起。

從李燃家出來，我鑽牛角尖似地一直在想那兩個字：「膽略」。

莫非已有人在李燃面前翻過舌頭，丁副市長很有辦法，體體面面地交換了人質。斧頭、紙頭、舌頭，溝溝坎坎，全用抹稀泥的手段給抹平了。

又是沒有料到，或者是早已料到。

剛拐過紅磚圍牆，碰上伍玉華。

天色分明昏暗，他還戴著墨鏡。對於這張臉，這副墨鏡倒遮掩了若干女人腔，添了點鬚眉氣。

他顯然不是為了掩飾女人腔。那是他的癖好。

怕招人顯眼？

恐怕是。

前些天，兒子帶著那幫小夥伴，玩官兵捉強盜，滿院子嚷嚷：「不許動，帶上銬！」銬便是一張紙兩個洞。那聲音好像還在空氣裡震盪……

大大小小的紙銬，飄飄揚揚，眼下還有一張掛在電線杆上，像斷線風箏。

這斷線，扯過二十個春秋。

兩個黑洞，像深不可測的眼睛，盯著芸芸眾生。沉積的死水，又泛起微瀾。

伍玉華顯然知道我去了李燃家，特地守在這裡等我。

許多窗口都亮了。也許都在看我們兩人。

看我的目光是很怨的。何必呢，為了一個勞改犯，揉動了許多人的心頭皺褶。

看伍玉華的目光呢？

但願咬牙切齒。我丁南北從今以後，決心做到「無毒不丈夫」。

略略地對峙，他迎上一步，伸出了手。

我尚未作出反應。手已被他握上。軟綿綿的感覺。

他說：「伍書記（很有趣的稱呼）和你談過我的工作了嗎？」

「是的。我把報告轉呈李市長、李燃同志了。」

「李老頭兒怎麼批？」

「哪有這麼快！」

「丁副市長，您的態度呢？」

我反過來抓住他的手，捋起他的襯衫袖子。「你不怕再砍上一斧頭？」

「丁副市長，我其實非常欣賞許屏的藝術天才。他，不是要保釋使用麼。我盡量化干戈為玉錦。」

「不是玉錦，是玉帛！這個字念『帛』。」

「承蒙丁副市長的教導。我一向佩服您的學問。伍書記一再叮嚀，要我在你身邊工作時好好學習。」

「好像你已經拿到調令了？」我冷笑道。

「那……是我老娘（這才是他的本色）的指示，人事局一句話。」

我看不清楚墨鏡後面的眼睛。但翹動的嘴巴，意味他公子腔又浮現了。一浮現，便淺相畢露。

他聳聳肩膀，口氣也變了。「我伍玉華大小是個處級幹部。許屏怎麼著還是勞改犯。這輕重，丁副市長總能擺得平的。是嗎？」

我火冒三丈，甩給了他一句重重的話：「難說！」

我剛轉身要走，他搶前一步，攔在前面，態度又阿諛得令人牙關發酸。「丁副市長，許屏去開他的山，鑿他的石頭，而我，是搞公關。這是我的專長。伍書記已經指示我好好研究德國的禮儀規矩。還有代表團的享受該是什麼待遇，別傷了國格和人格……像您，是團長，肯定是住帶有接待室的套房。……」

我氣得一口痰堵在聲帶上，還能說什麼呢！

N 李燃

現在，雖說信息暢通，交通便利，可是老夥計們平日裡卻是連封信都懶得動筆，電話倒是有，好像通得很勤，真琢磨，也往往是幾個月前，甚至是年把年前的事了。

能夠聚一聚，說一說，便是追悼會上了。

這次，接到望陽的電話，告訴我他爹西去了，總算又有了次老夥計們碰碰頭的機會。

碰頭了，又沒有什麼話可說，何況總是個追悼會，淒淒涼涼，唏唏噓噓，告慰家屬之後，真想不出什麼肺腑之言,可以在朋友間談談的。無非是「你看起來挺健的！」「近來忙什麼呀！」「喔唷，算來竟有二十年未見面了！」「那幾年，你是怎麼過的呀」……等等等等的寒暄。這會兒，連「那幾年」又過了那麼幾年，在人們的心目中淡了。即使忘不掉也自己使勁把它抹淡了。淡得似乎沒有發生過，只是扯淡的淡而已。中國的事情，最好解決的辦法便是時間，多少驚天動地的事情，多少駭人聽聞的事情，多少忠誠而荒謬的事情，都是由著時間的沖刷，淡化了。

除了寒暄，便是談養生之道了。「還吃複方丹參？……最好用針劑，靜脈滴注，一次八瓶……」「腦活素用過麼，咱們這個級別開得出來的，試試，試試……德國貨。」「不，你弄錯了吧，像是美國造的。」在這種談吐中，時間便濃化了，先進的藥、新品種的醫療儀器和保健設施，日新月異，電視廣告使勁地催，趕快買，趕快用，延年益壽，永遠健康……催得你來不及挑選，生怕沒趕上哪件先進，便無緣無故地減了幾年陽壽，豈不是太冤了！

滿耳這樣的絮叨，說到底，老傢伙們都在默默地倒計時了。可是，誰有能力把終端目標定在何年何月何日？

職務上的終端都定下了年月日，像我李燃，再過八個月另二十一天便拿到光榮離休的證書了。於是，一切待遇都是另外一種算法，我因為老早死了老婆，沒人替我算這筆細賬，倒也少了點煩惱。

這次我特地趕去送行的那位朋友，是我中學時代的同學，叫周敬亭，和明末的那位說書的柳大麻子柳敬亭，只差個姓氏，臉上也有幾顆細麻子，便取了他一個外號，周大麻子。此人倒也有點柳敬亭式的磊落和幽默。

中學分手，南轅北轍，我投筆從戎，他繼續寒窗，學的是生物化學。至於後來又有了往來，而且比中學時期交情更深厚了點，得感謝他的兒子望陽。望陽搞新聞，在《中國建設》當攝影記者。這是本對外發行的雜誌，有中文版也有英文版。我看過一篇介紹他的文章，知道這位周麻子已經是響噹噹的學者，擔任一個研究所的副所長。而他，也是因為雜誌報導了石母湖水庫的建設，從照片認出了我。

於是便重新有了書信往來。他兒子採訪時，還常帶點北京的茯苓餅。我喜歡吃。六〇年初吧，他借一次出差機會，便道來看望我。

有朋自遠方來，不亦樂乎！

我當然盡地主之誼。正逢中國歷史上的「三年自然災害」，居然在我這兒能吃上活蹦亂跳的魚，對他來說，不啻天上佳肴，大大感嘆了一番「人間那得幾回聞」。

我便說：「你在北京，才是天上呀。」

他苦笑：「閣下願否知道周某人這次公差的目的？」

「願聞其詳。」

他俯身在我耳邊說了一陣，端起酒盅，大笑。

我也忍俊不禁。原來他的上司獲悉離這裡不遠的一個縣，研究出了一項「驚人的成果」。發明一種代食品，原料僅僅是茅草。無疑，這又是一顆大「衛星」，超過英國的進程又可提前若干年。

周敬亭便被派來考察鑒證。用現在的話說，便是為茅草做公證，申請專利。

「那位縣太爺硬說，茅草的蛋白質比大豆還高。」

我便說：「果真這樣，神農氏嘗百草算白搭了。」

他說：「看來你這位父母官還尊重科學。而那位縣太爺……不，現在已不是一個縣，而是好多縣都一哄而上了，開了個茅草食品展覽，互相競賽。我周某人是請去當頭號佳賓的。鄙人生平從未獲此殊榮。前呼後擁，專員、縣長、這個主任、那個秘書長，鞍前馬後地伺候得我天暈地轉，恨不能把著我手，讓我簽個字。」

我問：「這些茅草食品究竟如何？」

「味道好極！」

我豎起耳朵，生怕落後了形勢。當時不是有句口號：「人有多大膽，地有多大產」麼！

他說：「什麼茅草呀，最多用了百分之五的茅草根做一點幌子。其餘百分之九十五，全部是細糧，還包著芝麻餡、豆沙餡、棗泥餡……味道能不好嗎？我哪能簽這個字！我發了通火，仗著欽差大人的尚方寶劍，狠狠訓了一頓：『你們糊弄誰呀？還要送到北京獻禮，別丟人現眼吧！把這些點心帶回去，正二八經做個成分分析，上報國務院，非把你們烏紗帽都擄了！別讓人笑掉大牙罵你們，驢屎蛋裏上白糖芝麻，放在油鍋裡炸炸也會好吃的……』」他呷了口酒。「周某人就做了這麼趟欽差大臣，多少還起了作用。有個縣，已把食品包紮得披紅掛綠，就等我簽字後獻禮呢，當然被擱了下來，不敢吃，不敢扔，更不敢送給老百姓，寫了個報告請示上級，報告從縣裡遞到專署，再從專署遞到省裡，一個圈子轉下來，豆沙也罷，棗泥也罷，統統變成發霉發臭的一團糟。只好偷偷地扔到坑裡。於是，我看到永遠忘不了的一幕：少說也有上百雙手，浮腫得發亮的手，爭著搶奪那堆長了綠毛的玩意兒。我忙喊司機停車，想制止他們，吃這種食品會害死人……司機卻一腳加大油門，呼地竄出去十來公里，轉過臉說：『周教授，興許還能救活幾個呢，多少能舐出點糖味。』我講得是不是陰暗了點？你這位父母官多多包涵了。……」

他又打聽了一下這一帶的生活情況。其實是打聽我這位老同窗有沒有幹過類似的缺德事。託福這方水土，尤其是這個水庫。靠山，尚能挖點蕨根，摘點野蘑菇；靠水，有羨慕煞人的魚蝦。我李燃當年攤上那麼個風水寶地還來不及缺德。

周敬亭教授已成古人。

他閉上眼之前，會不會重現百十來雙浮腫的手，在搶奪長了綠毛的「食品」？也許還有什麼別的怵目驚心的事?!

他在文革中受過什麼折騰，我從未問過。

我之諱莫如深，是怕他的反問：「就一張紙，兩個洞，便把你銬住了！」這種問話，也可能解釋為「福氣」，閣下受的那點折磨不足掛齒，小菜一碟。也可能是難以理解的鄙視。

伍素碧和伍玉華，拚命解釋為「福氣」，是保護了老幹部的一種禮遇。周麻子大概不會這麼想。因為我自己也越來越不這麼去想。可是我曾經點過頭，當伍素碧說他兒子「保護」了「李伯伯」時，我點了下頭。

所以，照丁南北的話來比方，李燃也「肉麻當有趣」過。

可是越當有趣，就越揪緊自己的心。

如果我在永遠閉上眼睛之前，肯定忘不掉的也是百十來雙手。決不是浮腫的手。每雙手都富富態態、滋滋潤潤、健健壯壯，打起撲克和搓起麻將都靈靈活活。可是，為什麼就著了魔似地被一張紙銬住了呢？而且自己挖的洞。

從周敬亭學的生物學角度去想，猿之進化為人，不就是因為手嗎？猿的前腿進化為手，便成了直立的人；手，創造了石器，創造了青銅器、鐵器……直至現在的火箭、衛星、太空飛船，以及無所不在的電子功能、核子功能。

手的創造，使得人的腦袋有了思想。

思想，至今還只屬於人。

對別的動物有無思想，暫時還無權威的結論。它們只有條件反射。

我一直在想，那幾年，在石母湖的島上，自己降到了條件反射的程度了。

這種條件反射的便是紙。

頭幾天，要自己挖兩個紙窟窿，並套在自己的手上，羞辱之心的強烈，差點想自殺。

過了一陣之後，麻木了，也自然而然地像小學生上課，聽見哨子響，便準備好紙，那是作業。

再過了一陣，對紙的條件反射是它的牢固和質量了。

不管哪個旮旮旯旯，只要發現了牛皮紙，或者馬糞紙，便心跳，便興奮，遏止不住地想揀起來，藏到一個妥貼的地方，就像狗藏起一根肉骨頭。

最令人激動的是因為施工運來了水泥。那種紙袋，一百多雙手爭著去搶。場面和周大麻子看到的饑民的手不會有兩樣。

浮腫的手搶發霉的食品，是饑餓的條件反射。

而富態的手搶結實的紙，是什麼的條件反射呢？

很簡單，為了使自己的紙鍔鍔得牢靠，不要一出汗便爛了。

我的這種反射，來得比別人慢，因為還想過先天下之憂而憂，後天下之樂而樂。

某一天，下著小雨。我的紙是白報紙，不到幾分鐘便稀爛了。看管我們的「紅衛兵」，早就躲在屋裡玩撲克，我的手應該是最自由的了。可是偏偏這雙自由的手搔出了心裡一種犯罪感。我像是正在越獄。於是這一雙沒有了紙的手，更加地不敢自由。一位老鄉看到我抽搐的臉，悄悄地塞給我一張夾著油毛氈的紙，替我開了兩洞，還剪出兩個豁口。那，簡直稱得上紙鍔中的奢侈品了，像手錶中的名錶。

從此，我的條件反射高檔起來，蹲茅廁時，碰到老夥計們，敢交流交流心得了。……

也正因為不必擔心手上的紙會汗濕或撕爛，腦筋就有了充分的餘地去轉動。我又進化到了人。

每天早晚，都聽革命派唱革命歌曲。

這也是一種折磨，因為自己沒有唱的權利。

聽吧，忽然聽出了蹊蹺。怎麼早上唱「中國出了個大救星」，晚上又唱「從來就沒有什麼救世主」了呢。這都是耳熟能詳，自己唱過幾十年的歌，從來也沒有唱得蹊蹺，而作為一個旁聽者，卻忍不住地想笑呢？

一覺得思想的活躍已出了格，便趕緊收斂，寧願帶的是一張草紙。那就由不得你胡思亂想，由不得你反動。你必須每分鐘都得小心翼翼，手伸得發疼、發酸、發麻，都不敢輕舉妄動。

這才體會到了紙的厲害。中國人引以為驕傲的發明呀。

可惜，已經嚐到了結實地銬住了手的甜頭。條件反射裡已害怕那種一戳就破的白報紙和光連紙了。

只好繼續胡思亂想。

開發石母湖的雛形便在那時形成的。

睜眼便是一汪綠盈盈、藍澄澄的湖水。

閉眼還留著如綠如藍。

我是親眼看著水庫大壩的建成，親眼看見上游的山峰裡，無數條涓涓細流匯成泉水，泉水又匯成河川。河川攏在大壩下，便攢成了一個偌大的湖。湖水充滿靈氣，該淹掉的都淹沒了。露出來的山頭，一個賽一個地美，星羅棋布，錯落有致。水氣氤氳中，槳聲欸乃，漁歌應答。所謂的詩中有畫，畫中有詩，也不過如此吧！

紫色的遠山，深深淺淺；蒼翠的島嶼，遠遠近近。石母峰，它的紅色便襯得分外斑斕。

它紅得像尚未冷卻的鋼錠，錘子砸上去，能蹦出火星。別說雕塑家，便是我，也希望著這裡一閃那裡一閃的火星。使得黑洞似的城府，有點亮光，有點磊落。

「將軍白髮征夫淚」，常常想著范仲淹的這句詞。

我的白髮，是在石母湖邊熬成霜雪的。

而我的淚，也滴在過石母峰前，是看見一個採石場的工人，被逼著攀登這垛沒有草木的峭壁，為了刷什麼紅漆。

他就摔死在我面前，地上淌滿了紅色的血和紅色的漆。

聽人說，他也叫周麻子。

從學者的周麻子，聯想到了另一個開山劈石的周麻子。今晚是怎麼回事？思想馳騁得收不攏繮，神馳八極，大概就是這種味道。

鐘敲了幾下？

一二三四……十，十一，十二。

唔。倒計時的話，又少了一天……

趕緊看丁南北送來的報告吧……

我得找一支毛筆，伍素碧是毛筆批的，我李燃也得用毛筆，這位老太太的一筆字真不賴。怎麼搞的？記得剛才還寫過……不，是昨天晚上了……對，寫過龔自珍的詩。在丁南北面前寫的……不行，那管毛筆大了，要一管小的，狼……狼毫小楷……小黃！黃秘書……

見鬼了！我怎麼顛三倒四，到了這程度。這時間，哪個秘書在上班呀！

看過了，看過了。兩份報告。不錯，一頁，兩頁，……十七頁……

剛才，誰講的……對，丁南北講的，也不是剛才，是昨天……

「也是副紙銬，兩個洞……」

我從一個洞裡看見了什麼？

啊！陽光燦爛，石母峰前祥雲瑞氣，叮叮咚咚，是開鑿石壁的聲音，一群藝術家……那塊峭壁變得柔和了，像一個女人，是娘，娘的形象。娘……怎麼漂漂浮浮的？……

那位雕塑家叫……叫許屏，對了。屏風的屏，這名字起得好，一生都許諾在那塊紅色的石頭屏障前了……他正在指手劃腳……這裡再鑿去一點，那裡也得砍得有點書法的味道。就像書法，該藏鋒的要藏，該露鋒的時候要露，柔的地方要柔而有骨，剛的地方要實中有虛，石母峰是一塊天生的碑，由你潑墨揮灑，龍飛鳳舞……不能漂漂浮浮。

怎麼又纏到書法上去了！扯蛋！我一輩子也沒有弄懂書法，藏也藏得不是地方，露也露在不該露處，柔就柔得像一桶水。桶漏了，淌光了，淌過的地方，像一條條蚯蚓，沒有骨頭的動物。

伍素碧那筆字，還真有點柔中之剛……

又扯哪裡去了。我的思想彷彿扯開的棉花套，舊的……

對了！那一座座島嶼，要建造亭臺樓閣，不能每個上面都安一幢房子，太俗氣。也要疏疏密密，像書法的布局。我就一輩子也沒有布好，來不及了！來不及了！

那方鐵線文的圖章倒是躺在我眼前，不想看它也塞進你的眼睛，還從眼睛塞進了腦殼。四個字，四個鐵絲擰成的字……來……不……及……了……

我從另外一個洞眼裡瞧瞧……

烏沉沉，黑黝黝，深不可測，石母湖哪有這麼一個陰森森的洞呀……

不是石母湖，是勞改隊的地方吧！

丁南北、許屏的女人，正在洞口，用一種怪怪的眼光看我，是等我麼？是的……等我伸手去把一個勞改犯撈上來,那勞改犯用一把……不,用一把沒有了柄的斧頭砍了另一個人……那個人，就是他吆喝我：「拿張紙……挖兩個洞……把你的手伸進去……」

他，很文靜，很秀氣的呀，嘴唇薄薄的，怎麼就輕輕吐出幾個字，我便自己帶上了自己做的紙鑄了呢？……

他，叫……叫什麼來著？反正我知道他是伍素碧的兒子，他怎麼也在等我，眼光怪怪的，是另一種怪怪的……

喔，想找的那支狼毫不就掛在筆架上麼，在搖搖晃晃。

我得在硯臺裡倒點水……水也像擰的鐵絲？……

小小的硯池，足以判決大大的石母湖的命運……哈哈哈哈……

試試筆鋒……蚯蚓又從狼毛裡爬了出來……

咦！信手就勾出了一座樓。就是島子上那幢樓吧！

許屏住過的，我也住過的……

現在，一個看航標燈的女人住這島，也漂漂浮浮……

O鐘嫂

這怎麼辦呀！出了那麼大的事！

半夜裡電話鈴響了一遍又一遍，我起初以為是阿寶打過來的，這幾天，他在裝修自己的小飯館，連夜趕工，常常天黑了搖著舢板上島子上尋點舊木料，還和我生過幾場氣呢！我說，這裡的木料，怎麼說也是公家的。他卻說，眼看木頭爛在山溝裡？當官當吏的，銀子金子都敢摟，我阿寶揀幾根爛木頭犯什麼法了？這鋸嘴葫蘆，近來一開口便衝得人一肚皮氣。

哪裡想到，是海陽縣的劉隊長打來的。

許屏死了！

我捏著聽筒的手抖得像打擺子，半天沒有吭聲，懷疑聽錯了。劉所長那邊都喊了：「你聽得見嗎?!怎麼沒有回答呀……許屏死了。今天傍晚的事……」

我唔唔了幾聲，便噎住了。

到現在，我還不相信。前兩天還聽阿芳妹講他活蹦活跳的，怎麼一下子便歿了呢！老天爺呀！這麼一個菩薩心腸的好人，作了什麼孽，要遭這麼多的災禍呀！聽丁副市長講，已經動了公文，就要出頭了。偏在這個時候你老天爺就收了老許的命呢！你也太缺德了吧！

真急死我了。

我守著這部電話機，手指都僵了，不知道該先告訴誰？

當然是先告訴許屏的老婆，但……阿芳呀！苦命的女人，她能不能經得起這五雷轟頂的消息呀，又是個要強的人，弄不好又搭上她的一條命呢！

還是先打給丁南北吧！人家是副市長，總歸有辦法來處理的。不過，這對他也是個要命的打擊呀。聽說他為了保釋許屏，得罪了一大幫子人。這下，可又讓那些嚼舌頭的有滋有味了。

管不了這麼多了，只好半夜裡把他吵醒了。

……

要命！對方占線，總占線，要不說當官的忙呢！真忙，還是故意摘掉了電話線，怕平民百姓打擾呀?!

丁南北還不像是那種臭架子的官。

不管它，再打……

還是占線。誰呀，沒完沒了！還有比死人的事更大，更要緊！……重撥！……

不過，死的只是一個勞改犯！

天曉得，我急得肚腸都打了結。

……

天都麻麻亮了。

我就自己跑一趟吧，趕頭班渡輪，再接上頭班公共汽車，堵在市政府大樓……還占線？我真想把電話機摔了。

走吧……

剛穿上襪子，電話鈴卻響了。

「我是阿芳妹……鐘嫂……」

我迸聲住息，捂住話筒，心亂如麻，她，這麼個時間打電話來，難道……

「鐘嫂，我知道你在聽，就是不想應我，怕我傷心，……我都知道了。他死了。」

「誰告訴你的？阿芳……你千萬千萬別傷太大的心哇，我馬上過去陪你……」

「不必了。丁副市長已經派車了，送我到海陽。」

「他陪你去？」

「他想陪我一起去的，但是，說這邊出了更大事……」

還有更大的事體！電話已經掛斷。阿芳的聲音倒是出了奇的平靜：也許，她對這個男人的嚇掉魂的消息聽得太多了。就像生阿寶坐月子時，聽我那個死鬼男人急吼吼地跑回來說，老許出事了，老許被抓起來了時，我也急得肚腸打結，她卻平平淡淡，拎上背包就走。這日子過得實在飛快，現在阿寶已經二十好幾的人了。

這個苦命的女人，一輩子都在刀光劍影裡過日腳。像阿寶看的武俠小說裡頭說的刀光劍影……

應該叫阿寶陪他親娘一道去看他乾爹最後一眼。

不知道阿芳會不會想著帶阿寶一道去。

這樣麼，我也放心點。

唔，這阿寶，實際裡和老許有個屁關係。

我們兩個娘始終都沒有向他道明真相。

我們兩個娘又都覺得他已經聽到了自己的真相。

現在，還在捉迷藏似地摸來摸去。

誰都在猜度著誰的心思。

作孽啊！老許死了！

恐怕不會吧。我卻越發覺得他在腦子裡鮮活起來了呢。

真是，坐不住，走不得。下弦月已經細成一彎眉毛了，是陰曆的五月廿三，明年這日子，便是老許的忌日了。

我走出了屋，想給老許燒幾張紙。

一燒紙，晨風揚起了紙灰，這幾張紙是我的死鬼老頭走時候用剩的。今天，就送給老許吧。他一輩子也沒有見過那麼多的錢……

一張一張的紙錢揭開，一張一張地扔到火裡。

我的心陡地抽緊了。

那……那不是一張張紙做的手銬？

老許啊！你不就是看見這兩個洞的薄薄一張紙，能銬得人的心都發焦、發糊而血氣直衝腦門的麼?!

再也不能讓你在九泉路上生悶氣了。原諒我這個鄉下阿嫂沒心沒肺，想不周全，噢？我給你磕個頭了。……

P 朱競芳

他走了。終於走了。

這個上應星宿的、不知道究竟是神還是魔。

我聽到丁南北轉告的消息，聽他一遍又一遍地規勸我節哀保重時，自己好像是參加一個別人的追悼會。那麼多遍的節哀保重，出自一個副市長之口，於他，一個勞改犯，太奢侈了。丁南北還不斷地自責：「唉……怪我，我們的工作做得不夠，做得太不夠……尤其是我……」

這些話，出自丁副市長之口，不像是官腔。我很感激了。就在這時，我滴出了眼淚。許屏總算還有這麼一位老同學。丁南北還要我帶一套體面的衣服去，火葬的時候，總不能穿著他的三一九號囚衣，這件囚衣，該是被血漿成了紅色、醬色、赭色……什麼顏色都無所謂了。

我翻箱倒櫃，找來找去，也沒有一件像樣的，何況還要一套？還有體面？

每件褂子都有窟窿，我這個妻子連針線活都不會，現在再補吧，來不及了。上街去買，店鋪還沒有開門呢。許屏啊！你怎麼就能容忍了這麼一個女人呢！一個硬是自己扒光了，厚著臉皮鑽進你被窩的女人。肚子裡還留著跟你毫不相干的一團肉……

去你的悲天憫人吧！

如果那時你搧了幾個耳光把朱競芳攆得老遠，我們兩個人的命運都不會這樣了。你即使娶一個會縫縫補補的山裡婆娘，也勝過朱競芳十倍呀。

就這樣吧，算你命該如此。衣裳口袋的兩個窟窿，留給你的手指頭伸出來吧，彈鋼琴似的，鬼知道你在彈什麼曲子，竟把我彈得神魂顛倒，死去活來地跟著你，十八層地獄，咱倆走到了第幾層?!

汽車在下面撳喇叭。

朱競芳的寒舍，一座破廟似的學校，居然停著一部市政府派來的小轎車……

世俗點吧，我的丈夫。

你還有那麼點「哀榮」。

你看見沒有?汽車喇叭掀亮了這麼多人家的燈光!

這麼多的窗簾撩開了。一雙雙驚詫的眼睛，瞪著朱競芳老師鑽進了黑色的小轎車。奧迪牌，四個連環的標記，亮閃閃，好威風啊!

朱競芳要接她男人回來了。

老天都在為許屏洗塵，雨刷子一圈又一圈地畫出弧線，是刷外面的雨點呢還是在刷我的眼眶?

我的眼眶朦朧了，又清亮了，清亮了，又蒙蒙罩上了似雨似霧。

上次到海陽，也就是三個禮拜的事吧。

我有過一種預感。

這個魔頭！他總是在事情弄到了弧形般順暢時，給你陡地砍成了坎坷。砍得人暈頭轉向。可是又不得不跟著他坎坷下去。

他討厭弧形的流暢。他討厭流線型。

他認為，太流暢的線條，是淺薄的藝術家隨手扯出來的棉花糖，媚俗欺世，藝術哪有這樣的甜，這樣地糯。

他一輩子在追求藝術的原始性。原始的愛，決不會使用卿卿我我、唧唧噥噥的甜言蜜語。它的愛，既博大，又簡約。除了該有的外，任何多餘的都是假情假義。

我未嘗不懂！返璞歸真是藝術的真諦，但實際生活中又有幾個人喜歡稚拙？稚拙，就是傻子，就是神經病、偏執症，就是陳景潤和哥德巴哈猜想。

流暢、流利、流線形，才是這年頭的潮流。像這輛奧迪、像波音７４７、像唇膏、像香水瓶、像ＸＯ的酒罐、像時裝模特兒的貓步……

而你，偏要把大家都喜歡的流線，砍出個所謂的「稚拙童貞」！

你以為你能砍掉嫵媚掩飾下的猙獰？砍掉圓滑掩飾下的心計？

許屏，你啊你！「抽刀斷水水更流」。悟到了嗎？

也許他悟到了。上次看他時，聽他嘴裡吐出來的佛語綸音，我就有了預感，「該怎麼便怎麼吧，善善惡惡，真真假假，都如是觀而已，而已！」他兩枚手指輕輕一彈：「不必為我許屏費什麼心思了！我已經原諒了一切！唯一不能原諒的，便是我許屏自己……」

他的心，早已涅槃。

如今，只是肉身的圓寂而已。

他，還需要計較穿什麼衣裳？

我終於憑藉流線型的時速，趕到海陽時，所長告訴我，許屏的身體剛剛僵硬。如果再早一點，我還趕上扳動他的手腳，能親自替他套上有窟窿的褂子，不必勞駕火葬場的職工，他們是掰慣了僵硬的屍體的。

我驚奇，因為他的肉身居然完好無損，連血跡都沒有。

一條不很乾淨的白被單覆蓋著輪廓分明的他。

所長給我看公安機關拍攝的現場照片。

他從古塔的最高一層跌落下來，那時他正清理塔的欄杆，忽然間，欄杆斷裂。

他彷彿一截樹枝，飄落下來，嵌在兩塊岩石中間。

這個和石頭打了一輩子交道的藝術家，最終回歸到了石頭裡。

他的臉容很安祥。安祥到了令人惶悚。我驀地想起羅漢殿裡的那位什麼尊者。我越看越覺得嵌在石頭裡的他，正是那位羅漢的姿態。微垂的頭顱，略略佝僂的身軀，歷歷可數的肋骨，和屈著一膝以及擱在膝上的手。手勢是兩枚修長的手指，彷彿還會彈動。

我顧不上再端詳他平躺的、毫無特色的屍軀，立即發瘋似地奔向羅漢殿。

我從這頭數起，又從那頭數起，橫數豎數，怎麼也數不著那位尊者的塑像了。所長拖住我，我掙脫了他的手，非得把３１９的尊者數出來，又在一排排羅漢中穿梭了幾次，那個瘦削的尊者，就像一股煙似地飄沒了，飄得無影無蹤。

我幾乎癱瘓似地跪在羅漢殿的臺階上。那種惶恐，無法形容。莫非真有前身後世？莫非真有神魔星宿？莫非真有因因果果？莫非真有輪迴轉世？

我如癡如癲，怎麼也解釋不明白，那位半個多月前我親眼目睹的塑像偏偏在許屏死的時候失蹤了。羅漢殿並不是人跡杳杳的去處，而排列有序的羅漢們，也沒有留下空的位置……

難道，我上次和許屏來數羅漢是一次夢遊？是一種幻覺？

如夢幻泡影，如露亦如電，應作如是觀……

天哪！我該如何解釋這個如是觀哪！

我又一次覺得走進了梅里美的小說，從第一次見到他的石刻起，一直到他自己嵌在石頭裡。……

感謝所長的大面子，也可能更加是丁南北的那輛小轎車的大面子。我被允許親自看著自己的丈夫被推進熊熊的爐膛。一般的火葬場，不允許女眷靠近焚屍爐的，怕她們嚎天嚎地的哭聲，更怕碰到不顧一切地撲向火焰的節婦烈女。

而我，想嚎幾聲卻編不出詞兒，想哭一場，又失去了眼淚。其實我是比哪個妻子都想跟著他去的，無非朝爐膛裡一竄，便什麼痛苦都沒了。我之所以沒有這樣做，只因為必須了卻他的心願。他的佛語綸言是一種禪機，不照著做是不行的。他嵌在石頭裡的姿態也是一種佛旨，不照著做，我會在他的身後還揹著永遠還不清的心債的。

我要回去，告訴丁南北，告訴李燃，也可能告訴伍老太太和她的公子：諸位都不必再為紙鍔操心思了，是恩是怨，都已了卻，都已如是如是……

這才符合他的悲天憫人的那顆心。

諸位，都心平氣和吧。

不了了之。非法法也！

現在，我抱著他的骨灰盒，帶到回家了。

我希望能在他耽過大半輩子的島上給他置辦一小塊地，讓他永遠地永遠地看見石母峰。

恐怕這事還得勞駕丁副市長。

驀地想起了丁南北電話裡的那句話：「我本來該陪你去的，但是實在沒有辦法，市裡發生了更大的事……」

更大的事?!

Q　副市長丁南北

這個夜晚給我的震撼決不亞於天崩地裂。

剛剛接到海陽縣打來的電話，許屏死了，我馬上給李燃打個電話去。

電話怎麼也打不通。他老人家是有夜讀習慣，看文件，看書刊，看我送去的兩份報告，無論如何也不至於十點多一點就睡覺了。我敢肯定。

串門子，李燃幾乎沒有這個習慣。

絡繹不斷的訪客？更該有人替他接個電話呀？

也許省裡又把李老頭召了去，這種事情常有。

我又打電話到司機班，司機班的值班調度說李市長的車在庫裡呀，他的司機也沒有接到用車的命令呀。

一種不祥的預感突然襲擊過來。我披上褂子就衝出了房門。

一連串電話打下來，時間已過十一點半，電梯間上了鎖，只好一層一層朝下奔。頂燈沒有一盞是亮的，混賬透頂的行政處！我顧不上罵了，摸索著朝下走，像走入一口古井。

衝出井口，直奔李燃家。

百步之遙嘛，一拐彎便望見他書房的燈光。

幾個小時之前，那燈光是希望。

幾個小時之後，那燈光使人發悚。

按門鈴，連續不斷地按，沒有應答。

我使勁敲書房的玻璃，就差把玻璃窗敲碎，還是沒有應答。倒是驚動了巡夜的警衛。我命令兩個警衛撞開李書記家的門。警衛是兩個嘴唇上尚未見鬚影的嫩小伙，哪敢擔這麼個擔子，便掙脫了我，逃命似地跑了，說要請示他們的隊長。

等他們走遠，我才想起他們身上掛著無線對講機。混蛋！飯桶！請示還需要跑路嗎！……

總算小伙子的腿長，警衛隊長和保衛處長都來了，來得不算慢，可怎麼著也耽誤了十來分鐘。

保衛處長掏出一大串鑰匙，都是頭頭腦腦家的備用鑰匙，一把一把找鑰匙的時刻，急得我汗裡汗外，渾身汗透。

總算把鑰匙兌上了門鎖，扭動門把的時候，我的心速至少在一百五十以上。預感頑強支配著我的思維，不吉之兆，不吉之兆，不吉之兆……

一個個房門都被打開。所有房間都燈火通明。

沒有李燃的影子。

保衛處長久經沙場的樣子，帶點譏諷地掃了我一眼。那目光分明是笑我的小題大做，沒有見過世面！即使出了凶殺案又怎樣？能急得臉色紅一陣、青一陣？

在他們心目中，這位市裡第一把手的分量已經大大減輕，值得警衛的係數已微不足道，遠不及直接管著他們的那位老太太。

我得端起副市長的架式了，命令道：「你們必須在半小時裡面找到李書記的下落……」

保衛處長彎下腰，用觀察現場的目光掃著地板，頭也不抬地應道：「李書記肯定出去遛彎兒了，散散步也散散心。你瞅，這地上的腳印……丁副市長，是不？哪咯垃都有李書記腳印，說明他在屋裡進進出出轉悠了好幾圈。首長事多，心思也多，遛個彎兒，外面空氣新鮮，頭腦清醒點，好處理國家大事嘛，你瞅呀，這腳印……最後是出了門……」

這位滿嘴東北口音的保衛處長，說得不是沒道理。

我可不能讓他們這麼輕鬆地交了差，口氣更加硬了：

「散步也好，散心也好，你們立刻把李燃同志給找到。」

保衛處長支支吾吾地應了聲：「好吧……」還不大甘心地絮叨了一句：「李書記也真是！不服老是不行的。偏這個時候去遛什麼彎兒！」

幸虧警衛隊長啪噠一個立正敬禮，「是！」給我挽回了一點「首長」的面子。

因為地板上積著薄薄的灰塵，李燃的腳印是很清晰的，從書房踱到客廳，又從客廳踱到書房，來來回的腳印像無數個S，深深淺淺。

書房裡，桌上攤著各種文件，自然包括我送來的。文件上又攤開若干張宣紙。紙上寫著字，勾著線，還洇了一灘灘墨汁。一支狼毫小楷筆的筆尖尚未乾透……

我正打算細看一下他寫的什麼，勾的什麼……

電話鈴響了。

我趕緊抓起話筒。是警衛隊長的聲音：「報告首長，李書記已經找到……」

「他在哪兒？」

「報告首長，李書記一個人走到通向水庫的路上去了，不是公路，是小路……報告首長，李書記好像生病了，他迷了方向，連人都不認得，我和李書記是常見面的，他連我也不認得……」

「張處長呢？」

「他把李書記扶上汽車了。報告首長，張處長要我請示您，是送他回家，還是送他到醫院？」

我吼道：「還有什麼好請示的，當然送醫院！我馬上到醫院去……」

到小車班要車時，才惦記到了許屏。他竟死了！死了？我不敢相信這是真實的消息，心裡泛起一陣愧疚，便安排了自己的座駕送一趟朱競芳。自己要了李燃的專車。

趕到醫院，一看那狀況，我自己都迷失了自己。

這是可能的嗎？幾個小時前還和我侃書法，聊龔自珍，一切談吐都正常的李燃，竟會在轉眼之間變成了一個木木訥訥的老頭？連我，站在他面前，叫他，喊他，逗他，都只是微微裂一下嘴，似曾相識地點點頭，然後轉動著長了白翳的眼珠，緩緩轉動，像一顆即將停轉的骰子。他自己和我都想弄清楚，到底停在哪個點子上。是黑？是紅？是大？還是小？

急症室的那位女醫師，慌了手腳地簽署一大堆單子，心電圖、腦電圖、CT、驗血、驗尿……

我哪能等得及這般如此的按部就班！急著問她：

「究竟是什麼病？你知道麼，他是市長、市委書記……」

越是端出病人的顯赫，越是讓這位女醫師差點跌落眼鏡。她幾乎用哭般的聲音給值班院長打了電話，然後轉過臉問我：「您，是他兒子？」

警衛隊長馬上介紹了這個「兒子」的身分。

我理智了點，緩和了空氣：「您的意思是不是要通知家屬？李書記的家屬，他的唯一的女兒在拉丁美洲，你告訴我吧，我代表組織……」

「我？我不敢肯定，要等到心電圖和腦CT出來之後才可以確診。……從目前情況來看，像是突發性的意識梗阻。」

這算什麼病？

意識梗阻。

一大群穿白大褂的專家絡繹來了。

我眼巴巴地望著護士把李老頭推進了心電圖室，接著，便是CT室、核磁共震室……

我跟著，從這個室到那個室。

那顆緩緩轉動的骰子，還沒有亮出點數。

這便是命運，輸，或者贏。

在白大褂中找到一位比較熟的大夫，醫學院的一位副教授。他說：

「這突發性意識障礙只是病的表現形態，有人表現為昏迷，有人表現一陣陣的抽搐、痙攣，有人則近似癔症，而癔症的形成……從現代的醫學角度看，涉及心理和社會及家庭等等非生理而又反映在生理上的因素……」

他十分認真地講著，像在講臺上對著一群學生。

而我，卻越聽越不得要領。

我直觀的要領是，李燃突然成了個老年癡呆症患者。

激發的原因莫非因為我談起了紙鋳，說了些過分激動的話？「肉麻當有趣」確實太刺激了。也莫非是伍素碧批轉給他拍板的報告，硬要把斧頭和紙頭以及舌頭揉成一個不知什麼樣的頭，這個頭塞住了他的腦血管？

良知啊，良知也就是一張紙呀。敷住斷裂的紙，哪能用電焊，只需要漿糊。我原是個漿糊的料、抹稀泥的料，難得引發的一點激動的電花，卻闖下了彌天大禍。

那顆在李燃眼眶裡滾動的骰子，千萬莫停住，讓我丁南北還有一絲想頭。

我被醫院的規矩阻擋在特級護理室的玻璃門外。

這個法力無邊的組織，那時候卻沒有一個人出頭。

只有我丁南北簽了字。

留下了幾個必定能隨時找到我的電話號碼，我又趕回到李燃家裡。我得找到他女兒的電話，立即通知她。拉丁美洲，多麼多麼的遙遠啊！

對方卻是個留言應答的錄音電話。我只好對著遠隔太平洋，又橫穿大西洋的一個機器，講了幾句該講的話，便只有等候的份了。這時，才仔細翻閱桌上那些紙片上的筆跡、墨跡和線條來。我力求從偵探小說描寫的推理邏輯上去尋找那位副教授講的心理原因……

有的紙片上的題批，是很理智的，李老頭有個習慣，喜歡在該批的地方先夾張紙條，大多數是練書法剩下的邊邊條條，都是宣紙，自然用毛筆。

別的文件我顧不得看，先翻翻要求甄別許屏的報告吧。

「不拘一格降人材……」夾在石母湖開發的重要性那一頁，這是八股文章起承轉合的「起」

的那段。這也是他的習慣，先是即興感想。往往引用句把唐詩宋詞……

再翻下去，也合情理，又是兩句詩：「眼前有景道不得，崔灝題詩在上頭。」意思明白不過，既然有過像許屏那樣的設想，別人的都擱一邊考慮吧……

又翻了幾頁，有點莫名其妙了，一張紙片上一連寫了六個「來不及了」……

再看看伍素碧批示的調整出國人員的名單。

夾著張紙片：「爭渡，爭渡，驚起一灘鷗鷺!!……」大有憤慨之意，連連三個驚嘆號。就這麼一趟出國考察，你爭，我爭，驚動那麼多人，豈有此理！他還沒有批上文件也未必用李清照的詞，但對伍素碧的「調整」，已是氣慣之極。

本來，這些批語都會了無痕跡，因為感嘆歸感嘆，真正用紅鋼筆或紅鉛筆落到文件上肯定會婉委地，盡可能的通情達理的斟字酌句。李燃雖然有名士之風，卻無名士之度呀。他也是個官僚，在人際網絡裡瞻前顧後的官僚。哪能像毛澤東，大筆一揮，「以其昏昏使其昭昭」？

但現在卻不得不讓伍素碧看到李燃的真實心情了。伍素碧的古文底子不錯的，決不致於連這些意思都不懂。所有的紙片都是「案發現場」，從公安偵破和法律的角度，絕不容許破壞，我焉敢抽走半片紙條？

紙，就那麼厲害！

剩下的紙片，散落在書桌上，也飄落到地上，就沒有任何邏輯了。一團墨，洇濕的墨。幾根線，歪歪扭扭的線。橫七豎八的「?」，和一連幾個圈圈。像奧迪汽車的標誌。

他總不致於想著為大眾公司做廣告!?

喔！他畫的是紙銬！紙銬！——誰說沒有邏輯。

那些圈圈，從紙上畫進了心裡，畫進了血管，成了一個螺旋形的栓子，擰到腦子裡……

完全可能這樣！像他那種被沉重的烏紗壓著的脆弱的心。

罪該萬死的丁南北呀！今天，是你銬問了你的老上司，是你，要他站出來，在市委和市政府的頭頭腦腦前面再一次把手伸出去，鑽進自己挖的洞眼，然後，再用泣不成聲的腔調去控訴：「連一副紙銬都沒有勇氣掙斷的人，能指望他去改革開放麼?那需要掙斷多少副舊的長了鏽的鐐銬呀！……」

這便是我設想的振聾發聵。振了李燃自己！

我後悔莫及。

電話鈴響，李燃的女兒有了回答：「我設法訂最快的一班飛機票，最快也要轉一次飛機……丁南北同志，我就拜託你的照顧了……」

我的照顧？如果她知道事情的前因後果，會不會狠狠指控我是謀殺犯呀?!

剩下來的紙片，我都無心看了。他還在想石母湖，想著湖上要蓋的亭臺樓閣。自己還畫了幾筆……

最後，我拾起了飄落在地上的那張紙片。

字跡已經歪歪斜斜，「休去倚危欄，斜陽正在煙柳斷腸處。」——這可以解釋為思維從清晰到漸漸模糊的過渡——紙片上，踩著半個腳印。

等我再趕回醫院去時，以伍素碧為首的頭頭腦腦來了一大群。倒是我，像到得晚了。不僅到得晚，我覺得自己像一個謀殺者，賊喊捉賊之後又想混跡在人群裡裝模作樣。現在，我更急著知道，李燃眼眶裡的那顆骰子轉停了沒有？千萬不要停哪！

伍素碧像掛帥的佘太君，不慌不忙，有條有理地對這個大夫、那個護士發著指示，懇切之狀，溢於眉宇。看見我走近，忙跨前一步，握著我手，對我，更像是對大家說：「南北同志啊，幸虧你哪，發現了李燃同志的失蹤，多懸哪……」

我感激萬分，承蒙她當眾昭雪：丁南北並未遲到。丁南北是最早發現李燃的病的。但我從她的目光裡彷彿又看到了另一張面孔，一位執掌政法大權的女法官，審問我丁南北是如何謀害了李老頭！你在第一現場究竟幹了什麼?!你為什麼深更半夜非得敲開李燃的門？

為什麼？因為許屏死了！

這樣回答，分明是越描越黑。為了一個殺人犯？他死就死吧，值得驚動市委書記？為什麼不告訴我伍素碧，難道你不知道我分管政法？

她，和我，那時刻都忘了世上有個叫伍玉華的人。他現在可能正泡在哪個酒店的歌舞廳裡，等著去德國表演反串阿慶嫂呢！

我悄悄地看了下錶，心中在盤算，朱競芳不知到了海陽縣沒有？大概不會這麼快！

許屏死了！

李燃生死未卜……

作為紙銬這樁案子，即使遵循法律程序，已經沒有了原告。除了李燃，我從來沒有想到過還有哪位會願意出面，起訴紙銬的犯罪實質。

看看吧，那一個個面色莊重、如喪考妣的爺們兒。李燃真要有個三長兩短，被告是丁南北，而決不會是伍玉華。

只要伍老太太到第一現場，把「爭渡，爭渡，驚起一灘鷗鷺」的意思——含沙射影都不必——對他們講一講，即使李燃活著也會被人咒死的。

又看見那位副教授走過，我忙把他拉到靜悄悄的一角。沒有等我開口，他就清清嗓子。「這真是一個非常奇特的病例。我還沒有看到最後那張腦CT。但是大致有了個判斷，這種病例，嚴格研究起來，除了醫學，還涉及許多邊緣科學，研究出的結果，非常有典型性，領導幹部擔負的事太多、思想負擔太沉重、過份的疲勞和過份的情緒激動，都會誘發……」

天哪！我在聽老兄做學術報告麼？我直截了當地問：

「李書記有沒有危險……」

他聳聳肩：「我要了解一下，有沒有給家屬下過病危通知書……」

我扭頭便走，和走過來的伍素碧撞個正著。

她斟酌字句時，我的心律又加快了。結果她說出的話竟是：「南北啊！（我的心頓時鬆了下）李書記看樣子麼，少說，也得在醫院裡耽一段日子，為了不影響工作，市府方面的事麼，你得多擔點肩膀了……總的方面麼，我想推也推不掉呀，唉，剛想減輕一點負擔，我自己的血壓最近也不正常……」

她下面講什麼我全沒有聽進去。好像沒有提到要勘察第一現場的意思，我得抽腿，趕緊為李老頭的「即興」抹點稀泥。顧及一點他的身前身後名。

R　朱競芳

我接他回家了。

這個家——我在小學校的宿舍，他還沒有來過。

這會，你好好看看，喏，這垛牆上掛著的，全是你的速寫，是我從劫後餘燼中搶出來的。自己拿自己的東西，要稱為搶，很有意思吧。

還記得我最早給你買的畫冊？那本霍去病墓的大石雕，看得你當場就想跪下來？唉！至今你也沒有真的到過那裡，也沒有真的見過樂山大佛、雲崗石窟、龍門石窟、敦煌和麥積山。可是怎麼地就全裝進了你的腦子，淌進了你的血液？還有，馬雅、祕魯、印度和非洲，哪處的原始藝術彷彿都天生地在你胸懷裡孕育著，你莫非就是復活節島上神祕石像的化身？你呀，真是個羅漢！所有藝術的羅漢，所有宗教的羅漢！無端地來到這塊土地，又無端地走了，升騰了，像一縷煙。

你不忙著找，找那尊最後鑿成的母親的像，直到最後也沒有讓自己的手掙扎出來的母親。

我一直把它藏在石母峰對面小島的山洞裡，只有我和鐘嫂知道。如果你願意，我就讓你也藏進山洞裡，不要立什麼墓碑，你和你的術都溶進了山裡，再碰到一個冰川時期或者再碰到一次地殼變動，你就永遠永遠地歸了真。

看到了這個家了吧！

朱競芳再窮，布置得也不會俗的，是嗎？

蠟染的窗簾，貴州的真正土貨，決不是機器漂洗的，你一看便明白了。咱家沒有現代流行的聚脂家具，都是地道的原木。人家當廢品扔了，我卻揀了寶貝。留給你用的那張畫案，真正的雞翅木，你摸摸他的線條，簡約得不能再簡約，是你最喜歡的渾厚和簡練。再摸那張床，地地道道的山裡人家娶親時的實木大床，我們兩人再怎麼滾呀，翻身呀，喘粗氣呀，都不會發出咯咯扭扭的聲音……

我知道你都會愛的，愛石頭的皺，愛木頭的紋。

可是，為什麼就不愛我?!我，一個多麼能夠善解你的意思的女人，一個多麼能夠和你交流藝術感覺的女人，為什麼不值得你愛呀？……

我這些話本應該在火葬場的靈堂裡嚎出來的，但是忍住了，並不是怕別人笑話，這女人嚎的那些話是什麼呀，我是怕你煩……

現在，只剩下咱們兩個，總該讓我在你面前撒一回嬌，發一次嗲吧……

原諒我吧！我忍了大半輩子的眼淚總算都湧了出來，把黃綢子都濕透了。所長要我用一塊紅綢子來包你的骨灰盒，我卻買了塊黃色的，揀來挑去也沒有那種黃，黃得像泥土、黃得像囚衣、黃得像幾百年的袈裟……

聽到外面的聲音，是丁南北的聲音。

你的老同學來看望你了……

我和丁南北面對面地佇立良久，誰都沒有開口。

他看著我的眼睛，紅腫了的眼睛。

我看著他的眼睛，充滿了血絲，眼圈青得發藍。

他掃了屋裡一眼，目光停留在骨灰盒上。

他緩緩地走到案几前，對著骨灰盒子深深地鞠了三個躬。問道：「怎麼沒有嵌一張老許的照片？」

我苦笑了一下。肩膀微微一聳。

他點了下頭，嘆了口氣，已經完全明白。他剛才那句問話實屬多餘，或者講，是添亂。許屏什麼時候有過一張像模像樣的照片？

難道要把他剃了光頭，穿了319號囚衣的存檔照片帶進天堂？豈不是對天堂最大的嘲諷？

我是堅決地相信，他已在天堂上。

對凡身肉胎，基督教的說法，都要先經過煉獄；佛教的說法，都要經過洗垢池、奈何橋。煉獄的烈火也罷，洗垢池的沸水也罷，許屏都在人間經歷過了。其奈我何？

我畢竟是凡身肉胎，肚裡還裝著人間煙火，不過，再怎麼地也不能在丁南北面前講一句刻薄話。

難得的這麼一位太守大人。

他又問我：「老許有沒有留下句把話？」

他的眼神已告訴我。如果許屏有什麼遺願，他一定會盡力去辦的。

我搖搖頭，又點點頭。

「唔?!」他頗有點納悶。

我便告訴他，這次去，已成屍首，哪裡還聽到什麼話，倒是上一次去……

我把上一次，我們在羅漢殿裡數羅漢，許屏從丹田裡吐出來的話學給了他聽。「這意思很明白了，許屏的遺願便是三個字：如是觀。他原諒了一切，紙銬也罷，鐵銬也罷，有為法也罷，無為法也罷，統統都已成為夢幻泡影，成為蒸發了的露水，閃過了的雷電。……他感激您，感激李燃，不必要再為他費什麼神了，也不要把紙銬銬在心上，再折磨自己了……他，涅槃了……」

丁南北沉默了許久，吐出一句話：「李燃，他得了老年癡呆，突發性的，不知能不能恢復……」

我觸電似地一陣痙攣。「李燃是不是因為被紙銬這件事弄得太緊張，心理負擔太大……唉！都怪我……我上次看望許屏回來後就應該和你見見面……」

丁南北哼了聲：「高處不勝寒哪！」

臨走，跨過了門檻，他又轉過身，從上衣口袋裡摸出一張紙片，塞在我手裡。「這幾個字是李燃留下的墨跡，我覺得，好像是該留給許屏看的，可惜，他看不到了。你留下吧，作為一個紀念吧。」

等他走後，我關上房門，打開那片紙。

是用毛筆寫在宣紙上的一句詞。辛稼軒的一首詞的最後一句。這位被文學評論家譽為宋朝豪邁派詞宗的大詩人，難得有如此淒婉的句子：

休去倚危欄，
斜陽正在煙柳斷腸處。

我反覆吟哦……
忽然間覺得這聲音來自蒼穹。
許屏，他不是從塔的最高層掉下去的嗎？
他正在擦洗幾百年前的危欄……

紙片上，留著半個腳印。
李燃的腳印？
他也一腳踩空……?!
我頓時感到天旋地轉，……腳底下踩著了棉花似的，怎麼那麼輕，那麼輕，那麼輕……
我竭力使自己的思維活動保持活躍。拚命睜大眼，豎起耳，耳邊彷彿傳來噼噼啪啪的聲響，還不斷地有轟轟的炮聲，吶喊聲……不，不是吶喊，是嘩里嘩啦的嘈雜，還有笑！人家在笑！……

滴鈴鈴鈴，滴鈴鈴鈴……

是電話在響。門外走廊裡的電話……

若干年後的兩封信

1 鐘旭寶致朱競芳

娘：

我不知道該怎麼稱呼您。叫您親娘，開不出這個口，因為您對我不親。我也對您親不起來。叫您乾娘麼，分明是在做戲。您不就是怕做戲，並且覺得戲也做不下去了才越來越生分我的麼。我也是。

所以，這封信當您收到時可能會驚奇，多少年都不來往了，還誰跟誰呀！再怎麼誰跟誰，我阿寶總是你身上的一塊肉。

老實告訴您：我恨您！但有時又很敬重您。

我老早便明白您和乾爹是怎麼回事。您和我又是怎麼回事。

我覺得您們都錯了。

乾爹許屏，是一座永遠沒有防備的城池。

現在大家都爭著一本小說叫《圍城》。我買過六本，都是送人。自己翻了幾頁，看不懂，也不好看，便送了別人，後來又想再看，又買了，還是看不下去，便又送了人，總共買過六本，連一半也沒有看完。你一定會想，怎麼就生了這個沒有出息、沒有文化修養的兒子，扔了也不可惜。

且慢，兒子今天便想和娘討論一下出息和什麼修養的問題。

圍城，不就講這點意思麼，城裡的人想衝出去，城外的人想衝進來。進進出出都為了一座城池。有學問的人講，這座城，便是愛情，便是婚姻。

乾爹心裡，沒有城牆，便中計。這是他的錯。

您呢，只想攻這座城，硬攻不下，便施計。這是您的錯。

我便成了您的計，草船借箭，借來的箭。

原諒我這話刻薄。浙江人叫促克。反正一個意思。

我講過，還有尊敬您的地方。這是因為您自始至終只攻這一座城，也只守這一座城，即使發現是沒有城牆的城，也堅決守，守了二十多年，每一天都提心吊膽，每一天都這裡搬幾塊石頭，那裡壘幾個沙包，吭哧，吭哧，多累！就憑您能忍住這份累，我尊敬您。請受兒子一拜。

乾爹心裡，有個什麼仁慈和博愛，——這都是抱大我的那娘講給我聽的——這就等於是有一座更大的空城，自然都會隨時中箭。什麼箭都能非常容易射中他。射到要害處，乾爹便急，急得掄斧頭。他又不是個天生會殺人的坯子。於是又中計。從乾爹不斷中計的故事裡，兒子琢磨出一點見識，和您商討商討。

現在大家都在嘴邊掛一句很時髦的話，叫做「實現人的價值觀」——這是像您這樣有文化的人的談吐。

生意場上，價值觀便是大爺和孫子的區別。

出息了，便是大爺。否則活該當孫子。有人為了混出個大爺的市面，心甘情願地做一番孫子。這也是從老祖宗那裡接過來的衣缽，有何不體面？舐屁眼的句踐、鑽褲襠的韓信，不都比孫子還孫子過嗎？

我認為最最令人頭疼和看不起的，是那種端著大爺的譜（浙江話叫牌頭）又不願受孫子的氣的人。這種人才叫真正的沒出息。凡是這種窩囊廢成群成堆的地方，肯定是死要面子活受罪的窮地方、窮國度。

老革命講光榮，不就是爬雪山，過草地，啃皮帶，喝馬尿吧，確實令我佩服，依我粗陋之見，也是甘當孫子之後才成為大爺的。

所以，乾爹和您，聽說還有丁副市長和李老頭李燃，對一張紙兩個洞的事情看得過分嚴重，照我看法，簡直是荒唐的程度。

自己把手伸到自己挖的紙洞洞裡，有什麼值得大驚小怪，義憤填膺，甚至一口氣堵得痰迷心竅？

實話告訴您，我阿寶現在不要紙，只要在牆上、在空氣裡畫兩個洞洞，便能叫人朝裡面鑽，不祇是手，甚至從頭到尾都服服貼貼地朝裡鑽。

這就是您兒子的出息。

鐘旭寶現在的名片上至少印著八個抬頭。要全部放上，二十個也可，我印上八個是「發」的意思。

我是董事長、總經理。好幾家公司的董事會執行董事，這便是大爺。附上的名片，便可以看到我現在有多麼大的牌頭。您別打聽我這個公司那個公司是幹什麼的，我告訴您您也不會懂得。有時，我自己不懂，……比如，我鐘旭寶怎麼便當上了物業公司的總經理了？

這都是當過孫子之後混出來的。不去講當孫子時候的滋味了，沒勁。您看過一肚皮的書，書裡講過的人間疾苦，你願想哪樣便是哪樣，我都受過。

講講我現在最得意的事吧。

乾爹一輩子想開發石母峰嗎？現在我是貨真價實的開發商之一。

我決不去做那種吃力不討好的事。在石母峰上刻一個什麼女人的像。

我先開發的是旅遊、飯店、歌舞廳、遊艇碼頭，假使政策允許，我還想把那個島子開發成世界一流的娛樂場。我去過的外國只有一處，美國的拉斯維加斯。人家沙漠裡都開發出了這大片賭城，咱石母湖還比沙漠差？

全世界人都說中國人最愛賭！據說，拉斯維加斯最早的賭場只是幾個賭攤，擲擲骰子，推推牌九，是中國人創的業。現在，賭博的豪客裡就有許多中國人，中國人在這方面一點也不推板。

你不要罵我，這能叫出息?!

所以我說，你們的價值觀已落伍了！太落伍了！

我的祖籍算哪裡？東北還是浙江？

不管哪裡，賭博都已成風。我親眼看見公路上兩個人空著手賭，完全不用骰子，不用撲克，不用任何賭具，只須閉一下眼，猜猜前頭開來的汽車牌照上的號碼，雙號還是單號？……有意思嗎？更有意思的事情還在後頭。

和我有同樣發現的另外一個人，這個人的名字您一定記得：伍玉華。

這位公子在乾爹去世後不久便下了海，在他娘尚未下臺時安排的，這種潮流您不大會明白的。

我當時的生意並不大，只有一家飯店，帶個歌舞廳。

他常常光顧我的歌舞廳。這樣便結識了。

他遞給我名片，那名字使我吃一驚。這一驚，還是從武俠小說裡帶過來的，所謂仇人相見分外眼紅吧！我一開始就占了上風，因為我知道他，他在明處；他卻不知道我，我在暗處。

看了他名片上的頭銜：一家公家旅遊公司的董事長和一家半公半私的廣告公司的總經理。都是法人代表。這樣主顧我是要侍候和巴結的，哪能仇人眼紅！

交往了幾次，便發現他也是位端著大爺架子的主，這種人，只要笑臉相迎，拍幾句馬屁，抬兩回轎子便賺穩了。我不在乎賺了他多少張支票——那也不是他私人掏的腰包——我的得意之處是把他的關係統統賺了過來。仰仗他娘的勢頭，這小子周圍有一個籠絡他的關係網，公安、交通、銀行、環保、工商、市政……太棒了，這些部門都是我阿寶當孫子甚至當灰孫子似地巴結過的……得趁早全部弄到我自己手裡……

恕我不能告訴您如何弄到手的過程和細節，這是商業機密，也是江湖上的行規。

反正兩年之後，伍玉華是反過來巴結我阿寶了。

說得扼要點，便是他名片上的頭銜一個個地丟失了。我名片上的頭銜一個個地多了起來。

他在生意上輸光了。

原來伺候伍大爺的這個局那個局、這個處那個處的「哥們兒」，一個賽一個地在我面前把他罵得狗血噴頭，什麼相公啦、兔兒爺啦、男婊子啦……原諒兒子說了那麼多髒話，不就是他操了人家屁眼兒之後，人家反轉來要操他麼！

那些帶過紙銬的老爺，也反轉來操他了。

他現在在我面前當孫子，甚至比孫子還不如！

我用不著在紙上挖兩洞，我只要在牆上畫兩三個圈，說：「伍玉華，你閉著眼，上去摸，摸著一個我給十塊，摸著兩個，我給一百，三個都摸著，我給一千……」

您猜，他怎麼回答我：「我只有兩隻手呀……」

噢！原來你也知道只有兩隻手。手！

我哈哈大笑，說，「這樣吧，算我老總今天開恩，在地上畫四個圈，你爬過去，如果兩手兩腳都正好在圈圈裡，老子給一萬！」

「那你把圈圈畫大點……」

這種時候得提防了。凡甘願做孫子做到了狗爬的程度，一旦翻轉來，便是狼。

我才不學乾爹的傻勁。我心裡築著一道牢牢的城牆。因為您畢竟生下了我，我才吐給您一點秘密。這也算兒子的一點報答。

抱大我的娘，那個和您姐妹相稱的鐘王氏，已於三個月前去世，我把她送回浙江。連同我的養父，我修了一座讓他們合葬的大墓，讓他倆衣錦還鄉，風光風光。

為此，我也想替乾爹許屏也修一座墳。我知道您把他的骨灰盒和那座石母的石雕藏在一個祕密的地方，我希望您親自來一趟，把它們取出來，讓許屏的名字刻在碑上，本來我想在他墳前立兩隻石獅子，您一定會說俗氣，那就立他的女神像吧。您覺得這樣做合適麼？

如果您不願來，或者不願意告訴我乾爹的「秘密洞」，也沒有關係，那我就雇人找了。秦始皇的兵馬坑都能在兩千多年後找出來，還就找不到許屏和他的石雕？

反正，我要對乾爹盡一份敬重之心。

我文化不高，這封信是我口授下，讓秘書用電腦敲出來的。秘書是小蜜，不是老婆。阿寶現在不忙進圍城。敬祝

大安

兒　阿寶

2　洪總工程師致丁南北

老弟久違：

久未書札往來，並非洪某手懶。

而今電訊神速，撳撳按鍵便能溝通萬里，再去注水研墨，展箋舒筆，若非迂腐，便是故作風雅了。我是二者兼有之。

今天忽來雅興，是因為石母湖新開張一家飯店，賞了飯局，又送了紀念品，紀念品是文房四寶，便想著試試紙筆。箋乃宣紙水印，仿十竹齋，難能可貴者印著石母峰，若隱若現，頗為牽動魂思，於是便借七分遠年花雕的酒意，信馬由繮，寫到哪裡便哪裡，謂之紙談。

閣下調離後，李老太守的怪病時好時壞，若醉若醒。此公是下決心不開口問世事了。抑或失語耶？卻又不像。若逢清醒時，紙談便寫三字「那好麼？」那者，定是問閣下，也是問石母湖。

我祇好在紙上回寫：「都好！」

他便微露笑容，笑紋濕潤潤的，含淚。

其實，我哄了他。石母湖並不好。

接任的太守大人，也想有番宏圖大略，但境界大不同了。

境界二字，是天機，是悟穎，強求不得。此公熱衷經濟之快速發展。經世濟國，當今大道，誰敢言不字。

也許洪某人太執拗於天然。他是對的。只可惜把好端端一個天然景致，弄成了大盆景。

石母湖畔，眼下已成商賈必爭之地。鱗次櫛比的商廈飯店，歌廳舞榭，已把沿湖的地皮開發殆盡。湖水裡便泛濫起一圈混濁的泡沫，湧動著當今世界最令人頭痛的白色垃圾。數不清的塑料兜，數不清的注塑飯盒，數不清的避孕套。鄙人曾去過法國，聽說楓丹白露一大新景觀便是隨處扔下的避孕套，我卻未見，想必人家用新技術處理了。也許據此，市裡某部又有借口組織個考察團赴法蘭西候教。果真如此，真不知道首席代表如何張口。中國禮教是莫談性事。既要護著祖宗牌位，又要討教洋人科技，委實難煞人。我倒想貢獻點主意，索性從牌位談起，牌位者，男根之象徵也。外國佬肯定大感興趣，於是便可交流彼此心得，我們介紹死去的男人陽具是怎樣打發的；他們則介紹活著的男人陽具是如何解決的，相得益彰，善哉，善哉！

閣下不必為此作杞人憂，即使李老太守和你老弟親自把守石母湖的閘口，也擋不住這股時代大潮的。洪某人敢打賭。

所以，我也只能眼睜睜看著原本清澄的湖水，日復一日地油膩污垢，日復一日地翠積脂凝。

這也不必大驚小怪，翻翻歷史，當知道任何一種文明的崛起，都遭遇過愚昧的扼殺。我就不信美國的大峽谷，一百多公里的遊覽區，當年就沒有過隨地拉的屎或隨處撒的尿？祇不過人家挺了過來，沒被扼到窒息時便立下了法規。

睜一眼閉一眼的日子久了，少了些自尋煩惱，便得自己尋點差使去打發時間。

不知是誰的傳播，說洪某人書法尚可，又曾是丁副市長的幕僚。丁副市長的客廳裡一直掛著洪某人的墨跡，還能寫得不好麼?!於是請我為新張店鋪題匾寫聯的事就多了起來。八成並非因為我的字，而是託福太守老弟的餘蔭吧。

所以請我題匾我就題匾，請我寫聯我便寫聯。潤筆分文不取，飯局當仁不讓。比起附庸風雅的頭兒腦兒來，我這兒筆被老弟稱為「橫看成嶺側成峰」的金體字，還對得起這方水土。

這回，請我題飯店匾額的老闆，你猜是誰？

原來是許屏的兒子，那個叫阿寶的小伙子。其實也已經不小，過了而立之年。

你也許還記得。八九年前吧，那位看守航標燈的浙江小老太——鐘嫂——硬要你派車送他一程，我當時便看出分曉：這主意是她兒子出的，目的想在街坊鄰居前風光一番。果然如此，阿寶現在和我過從甚密，喊我聲伯伯，算是忘年交了。他說，他第一樁生意做得挺順當，便因為丁南北副市長為他開了綠燈。副市長的汽車親自把阿寶母子送到石母湖，這關係豈同一般?!鋪面的房租馬上殺掉一半，房東還低頭呵腰地滿街做廣告，無疑於太守大人親自為他鳴鑼開道了。

這些瑣屑小事，閣下可能早已忘記，而我，是看在眼裡的。我看出了這小子的精明。比起他乾爹，阿寶才是雕塑家。他對藝術狗屁不通，卻深諳世故和世道，懂得在人情勢利的目光裡，該砍掉哪一塊，該補上哪一塊。他在浙江沒有白耽，骨子縫裡鑽進了紹興師爺的精毒。

世上事，真有意思。閣下費盡心機，挨盡白眼也沒能幫上你老同學許屏的忙，而卻在壓根兒地無意中，成全了他兒子的前程。

好在他並未壞過你的名聲，適可而止，給人一種感覺丁副市長和阿寶家交情深著，足矣！

江湖上的龍潭虎穴，最難闖蕩的是第一步。這第一步，沒有什麼規矩，全靠自己琢磨。敢邁第一步，便所謂人在江湖，身不由己了。你得鐵了心走下去，要麼粉身碎骨，要麼衣錦榮歸。這都是阿寶把我看成忘年交之後，吐露出來的「肺腑之言」。平日裡，他永遠是一隻鋸嘴葫蘆，誰也不用想弄清裡面裝的什麼藥。

用老眼光看人，我是憎惡這種精仔的，但老眼光已陷入歷史，我不得不用新的眼光去研究像阿寶那樣的人物了。他們是當代江湖上的好漢。你不承認也不行。

這家新開張的飯店，是他開創的第六家。裝潢闊氣，連我跨進它的包廂都不由地嘆息：「六朝金粉，不過如此吧！」雪亮的燈光照著洪某人題的匾。「笑傲江湖」四個字，看得我自己都稀罕，真是氣韻十足啊！原來自以為清高的我們，也按捺不住金碧輝煌的包裝的。

你可能問：「笑傲江湖」什麼意思？

這就是飯店的招牌。

我聽他起了這麼個名字，不由地拍案而起：「行，拿紙筆來！」

寫完酣暢淋漓的四個大字，我不由地想起你的老同學。

洪某雖未見其人，卻已從閣下的介紹中領略其神了。竭畢生心力，執著於雕刻一座石壁，足見其超塵絕俗；見紙銬摧殘人心而揮動一斧頭，也見其俠膽義腸。江湖，本來應該是許屏之輩倨傲而狂笑的。那才是真正的文化大革命，而非大革文化命。

可惜啊！易一字而滄海桑田！

我不知該如何評論。阿寶的成就是對他乾老子的反諷抑或是替他老子揚眉吐氣？君不見，市裡的那些部長、局長和處長，一口一聲地「鐘老闆」，爭著剪彩獻花，陪笑敬酒麼？包括那位伍公子，早已失去了吆喝人「拿張紙，挖兩個洞」的威風，比誰都更巴結，更削尖了腦袋地朝鐘老闆畫的兩個洞眼裡鑽，當阿寶抖出一張百元鈔票時，那兩個○的洞眼，令這位伍公子頓時變成了雜技團的哈叭狗，恨不能鑽進去、鑽過去。

從這樣的場景看，阿寶確實替他的乾爹出了一口積冤二十年的惡氣。

而從另外一個角度去看，我怕你的已經涅槃了的老同學會在雲端滴下眼淚。

阿寶正在醞釀一個宏偉的計畫。

這計畫便是開發石母峰。

石母峰的開發，經歷了半個世紀的各種想像，幾易其手，結果都是夢的泡影，而今，會不會在阿寶手裡實現呢？

我覺得很有可能。

他最近向我透露了自己的構思。

這構思是坐在他的遊艇上聊起來的。

遊艇在湖裡時快時慢地盪漾，從四面八方觀測石母峰，最佳觀景點依舊是那座島子。你住過，阿寶也住過，當然誰也比不過許屏住得那麼長，那麼艱苦。

「看來，還非得買下這個島子？」你聽聽人家口氣有多大！

「難道還有比這更好的地方？」

「做過勞改的場所，我擔心壞了風水。」

我無言以對。儘管對風水之類我不感興趣。也許自有它的道理。

「洪伯伯，我要成立一個石母峰開發公司，請你當總工程師，還兼做個副主任。丁叔叔過年把退休了，我聘他來做總經理。至於李燃爺爺，也是有功人物，讓他掛個名，做名譽董事。」

原來他葫蘆裡已盤算好人事名單了。

我很傻氣地問道：「你自己呢？」

「我當然是董事長囉！石母峰開發，只是我的一個分支機構。」

我忽然明白過來。咱們都是管理階層的人員，是鐘老板聘來的打工佬。

自以為並不守舊的洪某人，忽然產生一種屈辱感。

阿寶呀！你這傢伙真不知天高地厚！李老爺子、丁叔叔，還有我洪伯伯，論資排輩，你差兩代呢！居然指手劃腳分配起我們的職務來了？

我想拂袖而去，但忍住了。

這又涉及不同時期的不同價值觀了。洪某人看不慣，不接受聘請便是。誰欠誰呀？

再轉眼一想，主宰當今世界經濟走向的，不都是三十郎當的小伙子麼，什麼微軟，什麼英特爾……不知道美國的老字號如摩根、洛克斐勒之流，有沒有牙根發過酸？

於是又想起一位大歷史學家的一個觀點。中國和世界文明進步的失之交臂，就因為不懂數目字的作用。初看，不以為然，再看，似有所悟，而今，面對石母峰，卻讓這個中學都未念完的晚輩擰了一個窩脖。鐘老闆天生地懂得數目字管理的……

一大串數目字啊！

要麼依仗權勢的威懾，是一大串奴隸的數目字。像秦始皇的兵馬俑，奇蹟下面是無數屍骨，嚇人的數目字。

要麼依仗銀行的賬簿，誰能夠開得出天文數字的支票誰就能縱橫捭闔，豈止一個小小石母峰。

我猛擊一掌。答應了阿寶。我對他說：

「你也答應我一個條件。在規劃上，科學性和藝術性必須由洪伯伯作主。」

他反問道：「你的藝術不就是讓我把許屏那個女人雕像刻上石母峰麼？」

「難道你不想繼承你乾爹的事業？」

阿寶陰陰地笑了起來。瞇的眼縫裡射出森森的目光，然後，吐出一句冷冷的話：「我阿寶沒有母親，也不需要母親，將來，我要把石母峰的名字都改了。我想在那塊紅色的石壁上畫一個人。」

我問：「什麼人？」

他說：「令狐沖。」

洪某人一時發了懵。自以為讀書不少，古今中外的名人也知道不少，怎麼竟想不出這個「令狐沖」是何方神聖呢！

輪到鐘老板笑我的無知了。

「洪伯伯，你為我飯店題了招牌，怎麼就沒想過笑傲江湖的大俠便是令狐沖？我最最崇拜這個人物了。」

真如大俠出劍，寒光一閃之後，洪某人懷疑自己的腦袋是否還安在自己的脖子上。

半晌，我才找回一點自己的幽默：「阿寶，這主意好極！好極！這位令狐沖大俠手裡不必拿劍，拿一張銀行信用卡吧！」

還有什麼好說的！我等著「淚飛頓作傾盆雨」吧，許屏的淚。

我只好讓藝術本身去感化他了。我相信鐘阿寶也好，鐘老闆也好，會被藝術的魅力感化的。許多原來只顧賺錢的老板，終了不也投身藝術事業嗎?!像洛杉磯便有兩座私人藝術館，是西部鐵路大王和鋼鐵大王創立的。

於是我滔滔不絕地向阿寶講述了藝術的宗旨，講述了他乾爹畢生以求的目的，講述了許屏石雕的魅力，和石母湖的景色如何渾然一體，天造地設……

他終於有點動心，說馬上去把那尊石雕的女像從山洞裡起出來，讓她重見天日……

酒意闌珊了，我也寫得有點睏了，暫且擱筆……

老弟，很對不起，再拿起筆來又不知過了若干天。

洪某人現在不必上班，去計算鋼筋混凝土的配比，所以連日子也算不清，反正院子裡孩子們鬧哄，便肯定是週末。

阿寶給他親媽寫了封信，要她親自來找出山上哪個洞裡藏著許屏的骨灰和雕像，信去之後杳無音訊，這位朱競芳女士也真是少見的固執，真把所有了也未了的事都不了了之?

阿寶說，他娘八成進尼姑庵當姑子了。

我得抓緊結束這封信馬由繮的信了。因為你可能和阿寶他娘還有點音訊來往，請給一個回音，告我即可。

洪某

S　朱競芳

……我一腳踩在雲絮裡似的，好像才醒轉來。

離開了那個湖，離開了那個島，離開了所有人，也離開了他。我想讓他永遠地躺在島上的石崖裡，和他的藝術一起回歸自然吧。連我，也不必騷擾他了。

哪知又看到了兒子的信和丁南北轉來的洪總給他的信。兩封信無非都是一個意思，要涅槃了的他重新回到人間煙火中，看看兒子給他帶來的榮耀，刻石母峰也罷，修一座堂皇的墳也罷，好像不這樣不足以昭彰後世，不這樣不足以報仇雪恥，不這樣我這個女人就該再下十八層地獄！

我堅決置之不理，讓阿寶雇人去找吧，找出來了，願意怎麼處理便怎麼處理。

但是又像十年前的一腳踩空，我卻身不由己地又回到了石母湖。

我沒有通知任何一個朋友，更沒有通知阿寶，我只是來看個究竟，這究竟意味什麼，自己弄不明白。

現在的我、朱競芳、朱老師、許屏的老婆、勞改隊裡家屬、319勞改犯的眷屬……已經滿頭霜雪，這個燈紅酒綠的石母湖不會認得了，熙熙攘攘的人群，也不會認得我了。但我還認得這個湖、這個島，認得石母峰。

湖畔的確熱鬧非凡，好像天天都有什麼店在新開張，天天都有新鮮事、蹊蹺事，夠吃飽喝足的男男女女再添點感官的刺激。

可不，路口就張貼著大廣告，圍著一群人。

聽人叢裡在談論：鐘老闆找什麼洞，雇過幾撥人都沒有著落，現在出大價碼了，誰能找著，現鈔一萬元。不就那麼大小一個島子麼，人都瘋了?!出錢的人瘋了，想錢的更瘋……

原來是這麼一回事！

我趕緊閃到邊上竹林裡，心嗵嗵跳，就像看見了通緝朱競芳的告示，這一群人中，難保沒有捕快和眼線，沒有偵探和間諜。……

我躲在暗處，望著三五成群的人拿著鐵釺鋼鍬，從四面八方奔向那座島子去了。

今天的渡船是賺飽了，一個個艄公都笑咧了嘴。

阿寶已經雇過幾撥人了，一撥算百十個吧，幾撥下來少說也有五六百人搜索過了。

真的沒有找著？

還是故弄玄虛？

阿寶，這個紹興師爺是什麼點子都會出的。

可是又憑什麼設這個圈套呢?!逗老百姓一樂？自己炒作自己？橫豎都不合乎邏輯……

我真納悶了。

竹林外閃過一個人影，步履挺熟的……

噢！伍玉華，沒有錯，那扭得一顛一晃的屁股，現在不像旦角，像青衣了。他居然也扛著一根鐵鍬。他分明落魄了，從後背影看，身軀有點佝僂，也是往五十奔的年歲了。

我一點也沒有激動，一點也沒有復仇慼，倒是看著他被湖風吹鼓了的舊夾克，產生了一絲憐憫。他，在那場恐怖的龍捲風裡，只不過一粒沙塵而已。

我在一家不大不小的旅館裡租了個房間。

今晚是個滿月夜，這樣的夜晚，那座小島會被照得十分清晰，樹是樹，藤是藤，我可以毫不費力地找到他的藏身之處，然後……然後怎麼再說，我可以帶走，也可留給阿寶，就看那時候是什麼心緒了。我現在把所有的事情都交給命運，命運該怎麼樣便怎麼樣吧！

如是觀啊！

果然是一片繁華景象。

華燈初上，湖畔的酒樓歌廳便爭先恐後地擎起霓虹燈。最高的大飯店，「笑傲江湖」四個字眨著血紅的眼睛，周圍一圈明明滅滅的綠色燈光是代表「游水海鮮」呢，還是隱喻棉裡藏針？

趁這車似流水馬如龍的光景，我悄悄地混在渡河的人群中，沒有什麼人打量一個白髮老嫗。倒是我打量著人家，一萬元大洋居然鼓噪到晚上還有人上島去挖墳。

許屏，我帶走你吧！這裡已經太嘈雜，氤氳的水氣都蒸出一股銅臭味，你能耽得下去麼？

上了島，我輕車熟路，不到半小時便認出了價值萬元的洞穴的位置。

目標是有幾根從崖頂垂下的薜蘿藤，枝繁葉茂，即使冬天，也盤纏得嚴嚴實實。月光下，我打量得仔細，沒有人動過的痕跡。

前後左右，都有電筒的光芒，很多人在等著萬元大獎的降臨，叮咚之聲不絕於耳。

掰開兩條粗大的藤蘿，便該看得見岩石在這兒裂開一個縫隙，但是，我吃驚得覺得整個島子都像地震晃過一次似的，那個縫隙沒有了。

的確沒有了。我摸著的是嚴絲合縫的一垛花崗岩壁。

是認錯地方了？我退回去，再重新揣度，那天，我和鐘嫂把他送進石縫的每一步，每一個動作，都像放電影似地過了一遍。千真萬確地就是這兒。這叢藤蘿的後面。藤蘿前面是兩棵盤根錯節的銀杏樹。崖下有一汪水，水是石頭裡滴出來的山露。我用手蘸著山露，拍打自己的額頭，把過去的一幕一幕全拍了出來。的的確確是這個地方，的的確確是有過一條石頭縫的。石頭縫怎麼合上了呢，它合得天衣無縫，就像上蒼用閃電焊牢的。

我慌慌亂亂地把島子上所有相似的角落都看了一遍，都摸了一遍，摸著的感覺便觸動了靈犀：你摸錯了，不是這兒，也不是那兒……還是那一叢粗粗的薜蘿藤後面，那石頭是有點溫度的，留著十年前的我的手的餘溫……

我無法解釋。當今世界上沒法解釋的事情多著，唯其多，才讓科學家有永無止境的探索領域……

我呆呆地蹲在崖邊，空茫茫地望著四周……

居然有人想著石母峰可能是秘密洞穴的所在處！可不，月光下，我清楚看見一個人影，從峭壁上懸空而下，吊著一根繩索，這人肯定不是登山運動員，悠悠晃晃的樣子沒章沒法……

啊！他竟是伍玉華。也只有伍玉華會想得到這塊峭壁是許屏的魂。

那繩索掛著身影，點溜溜地轉，就像在秋風裡掙扎的一隻避債蛾，裹在枯葉裡的避債蛾。

我真想大聲嚷嚷：「別惦記這筆債了！別惦記這筆債了！該怎麼樣就怎麼樣吧！」

如是觀吧！

一九九九年七月二十日夜

脫稿於澳大利亞雪梨

三民叢刊書目

①邁向已開發國家　孫　震著
②經濟發展啟示錄　于宗先著
③中國文學講話　王更生著
④紅樓夢新解　潘重規著
⑤紅樓夢新辨　潘重規著
⑥自由與權威　周陽山著
⑦勇往直前
・傳播經營札記　石永貴著
⑧細微的一炷香　劉紹銘著
⑨文與情　琦　君著
⑩在我們的時代　周志文著
⑪中央社的故事（上）
・民國二十一年至六十一年　周培敬著
⑫中央社的故事（下）
・民國二十一年至六十一年　周培敬著
⑬梭羅與中國　陳長房著
⑭時代邊緣之聲　龔鵬程著
⑮紅學六十年　潘重規著
⑯解咒與立法　勞思光著
⑰對不起，借過一下　水　晶著
⑱解體分裂的年代　楊　渡著
⑲德國在那裏？（政治、經濟）
・聯邦德國四十年　郭恆鈺、許琳菲等著
⑳德國在那裏？（文化、統一）
・聯邦德國四十年　郭恆鈺、許琳菲等著
㉑浮生九四
・雪林回憶錄　蘇雪林著
㉒海天集　莊信正著
㉓日本式心靈
・文化與社會散論　李永熾著
㉔臺灣文學風貌　李瑞騰著
㉕干儛集　黃翰荻著

㉖作家與作品　謝冰瑩著
㉗冰瑩書信　謝冰瑩著
㉘冰瑩遊記　謝冰瑩著
㉙冰瑩憶往　謝冰瑩著
㉚冰瑩懷舊　謝冰瑩著
㉛與世界文壇對話　鄭樹森著
㉜捉狂下的興嘆　南方朔著
㉝猶記風吹水上鱗
・錢穆與現代中國學術　余英時著
㉞形象與言語
・西方現代藝術評論文集　李明明著
㉟紅學論集　潘重規著
㊱憂鬱與狂熱　孫瑋芒著
㊲黃昏過客　沙　究著
㊳帶詩蹺課去　徐望雲著
㊴走出銅像國　龔鵬程著
㊵伴我半世紀的那把琴　鄧昌國著
㊶深層思考與思考深層　劉必榮著
・轉型期國際政治的觀察
㊷瞬　間　周志文著

㊸兩岸迷宮遊戲　楊　渡著
㊹德國問題與歐洲秩序　彭滂沱著
㊺文學關懷　李瑞騰著
㊻未能忘情　劉紹銘著
㊼發展路上艱難多　孫　震著
㊽胡適叢論　周質平著
㊾水與水神　王孝廉著
・中國的民俗與人文
㊿由英雄的人到人的泯滅　金恆杰著
・法國當代文學論集
(51)重商主義的窘境　賴建誠著
(52)中國文化與現代變遷　余英時著
(53)橡溪雜拾　思　果著
(54)統一後的德國　郭恆鈺主編
(55)愛廬談文學　黃永武著
(56)南十字星座　呂大明著
(57)重疊的足跡　韓　秀著
(58)書鄉長短調　黃碧端著
(59)愛情・仇恨・政治　朱立民著
・漢姆雷特專論及其他

60 蝴蝶球傳奇　顏匯增著
・真實與虛構
61 文化啓示錄　南方朔著
62 日本這個國家　章　陸著
63 在沉寂與鼎沸之間　黃碧端著
64 民主與兩岸動向　余英時著
65 靈魂的按摩　劉紹銘著
66 迎向眾聲　向　陽著
・八〇年代臺灣文化情境觀察
67 蛻變中的臺灣經濟　于宗先著
68 從現代到當代　鄭樹森著
69 嚴肅的遊戲　楊錦郁著
・當代文藝訪談錄
70 甜鹹酸梅　向　明著
71 楓　香　黃國彬著
72 日本深層　齊　濤著
73 美麗的負荷　封德屏著
74 現代文明的隱者　周陽山著
75 煙火與噴泉　白　靈著

76 七十浮跡　項退結著
・生活體驗與思考
77 永恆的彩虹　小　民著
78 情繫一環　梁錫華著
79 遠山一抹　思　果著
80 尋找希望的星空　呂大明著
81 領養一株雲杉　黃文範著
82 浮世情懷　劉安諾著
83 天涯長青　趙淑俠著
84 文學札記　黃國彬著
85 訪草（第一卷）　陳冠學著
86 藍色的斷想　陳冠學著
・孤獨者隨想錄
A・B・C全卷
87 追不回的永恆　彭　歌著
88 紫水晶戒指　小　民著
89 心路的嬉逐　劉延湘著
90 情書外一章　韓　秀著
91 情到深處　簡　宛著
92 父女對話　陳冠學著

⑨③陳冲前傳　嚴歌苓著
⑨④面壁笑人類　祖　慰著
⑨⑤不老的詩心　夏鐵肩著
⑨⑥雲霧之國　合山　究著
⑨⑦北京城不是一天造成的　喜　樂著
⑨⑧兩城憶往　楊孔鑫著
⑨⑨詩情與俠骨　莊　因著
⑩⓪文化脈動　張　錯著
⑩①桑樹下　繆天華著
⑩②牛頓來訪　石家興著
⑩③深情回眸　鮑曉暉著
⑩④新詩補給站　渡　也著
⑩⑤鳳凰遊　李元洛著
⑩⑥文學人語　高大鵬著
⑩⑦養狗政治學　鄭赤琰著
⑩⑧烟　塵　姜　穆著
⑩⑨河　宴　鍾怡雯著
⑪⓪滬上春秋　章念馳著
⑪①愛廬談心事　黃永武著

⑪②吹不散的人影　高大鵬著
⑪③草鞋權貴　嚴歌苓著
⑪④是我們改變了世界　張　放著
⑪⑤夢裡有隻小小船　夏小舟著
⑪⑥狂歡與破碎　林幸謙著
⑪⑦哲學思考漫步　劉述先著
⑪⑧說　涼　水　晶著
⑪⑨紅樓鐘聲　王熙元著
⑫⓪寒冬聽天方夜譚　保　真著
⑫①儒林新誌　周質平著
⑫②流水無歸程　白　樺著
⑫③偷窺天國　劉紹銘著
⑫④倒淌河　嚴歌苓著
⑫⑤尋覓畫家步履　陳其茂著
⑫⑥古典與現實之間　杜正勝著
⑫⑦釣魚臺畔過客　彭　歌著
⑫⑧古典到現代　張　健著
⑫⑨帶鞍的鹿　虹　影著
⑬⓪人文之旅　葉海煙著

131 生肖與童年　小　民著　喜　樂圖
132 京都一年　林文月著
133 山水與古典　林文月著
134 冬天黃昏的風笛　呂大明著
135 心靈的花朵　戚宜君著
136 親　戚　韓　秀著
137 清詞選講　葉嘉瑩著
138 迦陵談詞　葉嘉瑩著
139 神　樹　鄭　義著
140 琦君說童年　琦　君著
141 域外知音　張堂錡著
142 遠方的戰爭　鄭寶娟著
143 留著記憶・留著光　陳其茂著
144 滾滾遼河　紀　剛著
145 王禎和的小說世界　高全之著
146 永恆與現在　劉述先著
147 東方・西方　夏小舟著
148 嗚咽海　程明琤著
149 沙發椅的聯想　梅　新著
150 資訊爆炸的落塵　徐佳士著
151 沙漠裡的狼　白　樺著
152 風信子女郎　虹　影著
153 塵沙掠影　馬　遜著
154 飄泊的雲　莊　因著
155 和泉式部日記　林文月譯・圖
156 愛的美麗與哀愁　夏小舟著
157 黑　月　樊小玉著
158 流香溪　季　仲著
159 史記評賞　賴漢屏著
160 文學靈魂的閱讀　張堂錡著
161 抒情時代　鄭寶娟著
162 九十九朵曇花　何修仁著
163 說故事的人　彭　歌著
164 日本原形　齊　濤著
165 從張愛玲到林懷民　高全之著
166 莎士比亞識字不多？　陳冠學著
167 情思・情絲　龔　華著

⑯	說吧，房間	林　白著
⑯	自由鳥	鄭　義著
⑰	魚川讀詩	梅　新著
⑰	好詩共欣賞	葉嘉瑩著
⑰	永不磨滅的愛	楊秋生著
⑰	晴空星月	馬　遜著
⑰	風　景	韓　秀著
⑰	談歷史　話教學	張　元著
⑰	兩極紀實	位夢華著
⑰	遙遠的歌	夏小舟著
⑰	時間的通道	簡　宛著
⑰	燃燒的眼睛	簡　宛著
⑱	月兒彎彎照美洲	李靜平著
⑱	愛廬談諺詩	黃永武著
⑱	劉真傳	黃守誠著
⑱	天涯縱橫	位夢華著
⑱	新詩論	許世旭著
⑱	天　譴	張　放著
⑱	綠野仙蹤與中國	賴建誠著
⑱	標題飆題	馬西屏著
⑱	詩與情	黃永武著
⑱	鹿　夢	康正果著
⑲	蝴蝶涅槃	海　男著
⑲	半洋隨筆	林培瑞著
⑲	沈從文的文學世界	王繼志　陳　龍著
⑲	送一朵花給您	簡　宛著
⑲	波西米亞樓	嚴歌苓著
⑲	化妝時代	陳家橋著
⑲	寶島曼波	李靜平著
⑲	只要我和你	夏小舟著
⑲	銀色的玻璃人	海　男著
⑲	小歷史	林富士著
⑳	再回首	鄭寶娟著
⑳	舊時月色	張堂錡著
⑳	進化神話第一部 ・駁達爾文《物種起源》	陳冠學著

203
大話小說
莊因 著

作者以其亦莊亦諧的筆調，探觸華人世界的生活百態，這其中有憶往記遊、有典故，當然還有他所嗜好的飲食文化，綜觀全書，不時見他出入人群，議論時事，批評時弊，本著知識份子的良知良行，期待著中國人有「說大話而不臉紅的一天」。

204
人禍
彭道誠 著

太平天國起義是近代不容忽視的歷史事件，他們主張男女平等，要解百姓倒懸之苦。而戰無不勝勢如破竹的天朝，卻在攻下半壁江山後短短幾年由盛而衰，終為曾國藩所敗，何以有此劇變？讀者可從據史實改編的本書中發現端倪。

205
殘片
董懿娜 著

讀董懿娜的小說就像凝視一朵朵淒美的燭光。她筆下的女主人翁大都是敏感又聰明的人物，明明知道等待著她的是絕望，她還要希望。而她們的命運遭遇，會讓人覺得曾經在塵世間匆匆一瞥。本書就在作者獨特細緻的筆觸下，編排著夢一般的真實。

206
陽雀王國
白樺 著

中國施行共產主義，在政治、文化、生活作了種種革新，人民在一波波浪潮衝擊下，徘徊新舊之間。本書文字自然流暢，以一篇篇小說寫出時代轉變下豐富的眾生相，可喜、可憎、可愛的人生際遇，反應當時社會背景，讀之，令人動容。

207
懸崖之約
海男 著

「男人與女人在此約會中的故事，貫穿著一個幸運的結局和另一個戲劇的結局」。一個患腦癌的四十歲女子，她要在去天堂之前去訪問記憶中銘心刻骨的每一個朋友，也許是密友、情人、前夫，她的生活因為有了昨日的記憶，將展開一段不同的旅程。

208
神交者說
虹影 著

人的情感總是同時交雜著出現，很難只用喜悅、悲傷、恐懼等單純詞語完整表達。而本書作者細緻地記述回憶或現實的片段，藉以呈現許多情況下（如養父過世，或只是邂逅陌生人等）人複雜多變的感覺，使讀者能自然地了解書中的情境與人物的感受。

209
海天漫筆
莊因 著

或「拍案叫好」或「心有戚戚」或「捫心自思」，作者以其多年旅居海外經驗，與自身文化激盪的心得，發為一篇篇散文，不但將中華文化精萃發揚，亦介紹西方生活的真善美。且看「海」的那片「天」空下，作者浪「漫」的妙「筆」！

210
情悟，天地寬
張純瑛 著

本書乃集結作者旅居美國多年來的文章，娓娓細述遊子之情。其文字洗鍊，生動感人，處處展現羈旅之心與赤子之情。作者雖從事電腦業，但文章風格清新雋永。值得你我風簷展讀，再三品味，從中探索「情」之真諦！

211
誰家有女初養成
嚴歌苓 著

「巧巧覺得出了黃桷坪的自己，很快會變一個人的。對於一個新的巧巧，窩在山溝裡的黃桷坪和窩在黃桷坪的一切人和事，都不在話下。」踏出黃桷坪的巧巧會有怎樣的改變呢？如願的坐上流水線抑或是……

212
紙　銬
蕭　馬　著

紙銬，這樣再簡單不過的刑具，卻可以鎖住人的雙手，甚至鎖住人心，牢牢的，讓人難以掙脫更不敢掙脫。隨便揀一張紙，挖兩個窟窿，然後自己把手伸進去，老老實實地伸直了手，哪敢輕易動彈，碰上風吹雨淋，弄斷了紙銬，一個個都急成了哭相……

213
八千里路雲和月
莊　因　著

本書可分為兩大部分，雖然皆屬於記遊文字、同在大陸地區，時間，卻整整相隔了十八年。作者以其獨特的觀點、洗鍊的文筆，道出兩段旅程中的種種。從這些文章，我們可以看見一些故事，也可以看出一位經歷不凡的作家，擁有的不凡熱情。

214
拒絕與再造
沈　奇　著

新詩已死？現代人已不讀詩？對於這些現象，作者本著長年關注現代詩的研究，對現代詩有其深刻的體認，無論是理論的闡述或是兩岸詩壇的現況，甚至是詩作的分析，都有其獨特的見解。在他的帶領下，你將對現代詩的風貌，有全新的認識與感受。

215

冰河的超越

葉維廉　著

詩人在新生的冰河灣初次與壯麗的冰河群相遇，面對這無言獨化、宇宙偉大的運作，面對「雪疊著雪雪疊著雪疊著永不溶解的雪／緩緩地積壓著／冰晶冰層冰箔相連覆蓋九萬餘里」的景象，喜悅、震撼、思涉千載而激盪出澎湃磅礴的——冰河的超越。

216

庚辰雕龍

簡宗梧　著

基於寫作興趣就讀中文系，卻因教學職責的召喚，不得不放緩文學創作的腳步。本書作為政大簡宗梧教授創作成果的集結，不僅可讓讀者粗識簡教授於教學及研究著績外的創作成果，也將是記誌簡教授今後創作「臺灣賦」系列作品的一個始點。

217

莊因詩畫

莊　因　著

因心儀進而仿效豐子愷漫畫令人會心的幽默與趣味，作者基於同樣對世間生命萬物寬厚博大的關注與愛心，以他罕為人知的「第三枝筆」，畫出現今生活於你我四周真實人物的喜怒哀樂，並附以詩文，為傳統的中國詩畫注入了全新的生命。

218

換了頭抑或換了身體

張德寧　著

換了頭抑或換了身體？當器官移植技術發達到可以更換整個身軀時，我們要擔心的是生理上的排斥或心理上的抗拒？該為人類創造的奇蹟喝采還是為扭曲了人的靈魂而付出代價？藉作者精心的布局與對人深刻的觀察，我們將探觸心裡未曾到達的角落。

219

黥首之後

朱暉　著

政治上成分的因素，他曾前後被抄三次家，父母也先後被送入囹圄和下放勞改。他嚐盡世間的殘酷悲涼，看透人性的醜陋自私，但外在的折磨越狠越兇，內裡的親情就越密越濃。人性中最陰暗齷齪的一面與最光明燦爛的一面，都在這裡。

220

生命風景

張堂錡　著

每個人的故事，如同璀璨的風景，綻放動人的面貌。透過作者富含情感的筆觸，引領出成功背後的奮鬥歷程。文中所提事物，與我們成長經驗如此貼近，讓人油然而生「心有戚戚焉」之感。他們見證歷史，也予我們許多值得省思與仿效的地方。

221

在綠茵與鳥鳴之間

鄭寶娟　著

不論是走訪歐洲歷史遺跡有感，或抒發旅法思鄉情懷，抑或中西文化激盪的心得，作者以其一貫獨特的思考與審美觀，發為數十篇散文，澄清的文字、犀利的文筆中，流露著一種靈秘的詩情與浪漫的氣氛，讓讀者在綠茵與鳥鳴之間享受有深度的文化饗宴。

國家圖書館出版品預行編目資料

紙銬 / 蕭馬著 -- 初版. -- 臺北市： 三民,
民89

面； 公分. --（三民叢刊；212）

ISBN 957-14-3277-6（平裝）

857.7 89009722

網際網路位址 http://www.sanmin.com.tw

著作人 蕭 馬
發行人 劉振強
著作財產權人 三民書局股份有限公司
臺北市復興北路三八六號
發行所 三民書局股份有限公司
地址/臺北市復興北路三八六號
電話/二五〇〇六六〇〇
郵撥/〇〇〇九九九八——五號
印刷所 三民書局股份有限公司
門市部 復北店/臺北市復興北路三八六號
重南店/臺北市重慶南路一段六十一號
初版一刷 中華民國八十九年九月
編 號 S 85557

基本定價 肆 元

行政院新聞局登記證局版臺業字第〇二〇〇號

ISBN 957-14-3277-6（平裝）